全民微阅读系列

连心锁

饶建中 著

江西高校出版社

图书在版编目（CIP） 数据

连心锁 / 饶建中著 . — 南昌：江西高校出版社，
2017.1

（全民微阅读系列）

ISBN 978-7-5493-5091-9

Ⅰ. ①连…　Ⅱ. ①饶…　Ⅲ. ①小小说 — 小说集 — 中国
— 当代　Ⅳ. ①I247.82

中国版本图书馆 CIP 数据核字（2017）第 022614 号

出 版 发 行	江西高校出版社
社　　　址	江西省南昌市洪都北大道 96 号
总编室电话	(0791)88504319
销 售 电 话	(0791)88592590
网　　　址	www.juacp.com
印　　　刷	北京一鑫印务有限责任公司
经　　　销	全国新华书店
开　　　本	700mm×1000mm　1/16
印　　　张	14.5
字　　　数	163 千字
版　　　次	2017 年 1 月第 1 版 2020 年 7 月第 2 次印刷
书　　　号	ISBN 978-7-5493-5091-9
定　　　价	36.00 元

赣版权登字 -07-2017-67

目录

洁　癖

　　小时候他能开始做事的时候,有一次为母亲盛饭,当他把盛好的一碗饭递给母亲时,不料被母亲训了一顿,指责他不应该用手指上下卡住碗端碗,而应该用手掌托着碗,因为大拇指卡着碗会把手上的细菌留在碗口上,如果吃饭正好吃到那个碗口位置就会把细菌吃进身体里。

　　这事从此铭刻在他心里,于是他开始爱卫生起来了。

　　他渐渐长大,也越来越讲究卫生了。他的手只要一接触东西就要洗手,如果不洗心里难受,一天至少要洗一、二十次手。甚至晚上睡觉前关灯按了开关,都以为开关上有细菌,一定要摸黑到卫生间洗了手才安心上床。

　　他习惯每天都要洗澡,即使是很冷的冬天也是一天一个澡,不洗澡他是绝对不上床睡觉的。每次洗澡要用香皂涂两三遍才觉得洗干净了。他从来不用沐浴露,总觉得那玩意儿在皮肤上永远冲不干净,洗完澡身上还是黏糊糊的。

　　他睡眠质量极好,晚上坐在沙发上看电视不到半小时就会睡着,经常是醒来时已经深夜了。因为每天早上六点前一定要起床的,如果深夜接着洗澡再上床会减少睡眠时间,有时他就干脆不洗澡不上床,坐在沙发上睡到天亮再洗个澡。冬天怕坐在沙发上睡着了会冻着,他就关好门窗,穿着棉袄棉裤,脚前开着取暖器,然后听着电视机发出的声音渐渐入睡,进入梦乡后犹如腾云驾雾舒服的不得了。

出差到宾馆过夜是他最忌讳的事，把衣服脱掉钻进曾经是无数人睡过的被子里，尽管床单、被套宾馆已洗涤消毒了，但他想起来还是十分腻人！因此他出差在宾馆睡觉从来不脱外套，穿着衣服躺坐在床上睡，回家后全身衣裤都要换掉，连皮鞋都要重新冲洗。

他每天回家的第一件事就是洗手，然后把手机抹干净放在固定的位置上。他觉得经常用的手机很不卫生，如果在家洗了手再拿没抹干净的手机就等于白洗手了。

他最不欢迎有人来他家里坐，这样要给客人准备进门换的鞋，鞋被不同的客人穿多了会散发出阵阵恶臭。如果客人执意要来家里坐，他就给客人指定一个固定的位置，待客人一走他就把那个位置抹得干干净净。所以同事们也就不愿去他家了。他也从来不去别人家玩，嫌主人家里给无数个客人换的鞋子很脏，即使非去不可也要问对方家里是否备有鞋套，如果没有他会自备。

他最担心的是怕同别人握手，握着那些不经常洗手的手，黏糊糊的，恶心！他遇到熟人都是提前将两手背靠在身后，给对方一个不想握手的暗示。如果对方不解其意，还是伸出了手，为了不至于让对方尴尬，他不用整个手掌接触，而是把手掌弯成弧形，轻轻地碰一下对方的手，然后寻找机会拿起办公桌上的抹布擦干净手，如在室外握了手就立即寻找自来水洗手。

后来，他在书上看到，这在医学上叫洁癖症。

他开始谈女朋友了。女孩长得很美，很清纯，俩人很快就进入了热恋。有一天女孩想亲近他，让他抱抱自己，他不抱，他说两人穿的外套都很脏，抱了又要去洗手，女孩很奇怪，恋人怎么连拥抱也不行呢？女孩觉得很没面子。有次女孩感冒了在医院打点

全民微阅读系列

滴,打完后他接女孩回到他家吃饭,女孩进他家后正准备坐下,他不让她坐,说她刚坐在医院的凳子上,医院是最脏的,身上绝对带有很多细菌,如果你现在坐下就会把裤子上的细菌传到家里的凳子上。女孩不解地看着他。他看到女孩站了很久,有些觉得很尴尬,便拿张纸垫在凳子上让女孩坐。女孩一气之下没吃饭就跑出他家,后来也就再没有来过他家了。

　　他为失去这位心爱的初恋女孩难过了好一阵子,事后他主动几次找她表示歉意,都被女孩拒绝了。女孩说,你没错,等改掉了洁癖我们再继续吧。他好后悔,心想当时要忍一下就好了。都是洁癖惹的祸!他恨死了自己的洁癖症。

　　后来他又交了一位女友,女孩大家闺秀、端庄得体,很有气质。他庆幸自己交上好运。两人很快爱得如胶似漆。他叮嘱自己在与女孩的交往中一定要记住前车之鉴,自己有洁癖,不能要求人家也要有,更不能让对方难堪。他想要记住上次的教训,想抱就抱,该吻就吻。一次他强忍着洁癖主动去抱女友,谁知女友把他推得好远,叫他去洗洗手才让抱,不然会把衣服抱脏的,他很纳闷,难道她也有洁癖?!他洗了手抱住她,接着又想吻她,可她生死不让,说人的唾液中有千千万万个细菌,病从口入!原来她的洁癖比他要严重得多。他受不了。如果继续下去以后还要过夫妻生活怎么办?他忍痛割爱主动提出分手了。

　　后来,他好久没有恋爱了,经常为自己的洁癖找不到心上人而苦恼,常常独自散步在玉带河周围。

　　有天他看到听到玉带河里有人叫救命,他跑过去看到了一个小孩在水中挣扎。这河有五米多深,居民老百姓的下水道的水都从这里流过,一直没治理好,河里奇臭无比。

　　他见围着的许多人没有一个人下去救,便纵身一跃跳进玉带河,奋力将小孩救上岸。孩子得救了,他这才猛然闻到自己全身被臭水浸过很臭很臭,他拔腿跑回家一个劲地冲洗,他把全身洗了无数遍,用掉了一块香皂。然后把全身的衣裤、鞋子、袜子都统统抛进了楼下的垃圾箱。

市里所有媒体都报道了他跳进臭玉带河勇救儿童一事,消息不胫而走传到了单位,同事们简直不相信奇迹发生,不是不相信他有冒着生命危险入水救儿童的勇气,而是打死都不相信他会跳进臭水河里救人。

同事问他,他说当时只想救人,什么也没有闻到。

几天后,那位曾初恋的女孩找到他,对他大声叫道:"我看到报纸了,你是个骗子! 你没有洁癖,你是假洁癖!"

他一下子愣住了, 等他反应过来时, 他猛然上前抱住了女孩,抱的很紧很紧……

嗜　睡

他出生在国家"大跃进"时期,紧接着就遇上了早请示晚汇报天天晚上还要开会的年代。那时他只有几岁,爸妈白天上班就把他放在一家老人家带,下班后带他回家。那时每个单位晚上都要组织学习,大家围坐在一起温习领导著作,学习最新指示,然后反思自己一天的言行,斗私批修,接着还要检举他人的错误。会议气氛紧张,人心惶惶。到了晚上父母亲都要到各自单位开会,不放心仅有几岁的他一个人留在家里,每天晚上母亲就带着他一起参加会议。他困了就倒在母亲的怀抱中睡,大人的发言声成了他的催眠曲,他很快进入梦幻般的仙境中腾云驾雾,格外舒服。散会后妈妈不忍心打醒他就背着他回家。他趴在妈妈背上随着妈妈走路的节奏越睡越熟。

童年他享受着特别快乐的睡眠。

上学后他成绩在班上一直名列前茅,尽管他做作业时会边做边睡着。

第一年高考他试卷做到一半就睡着了,考试结束监考老师打醒他他才离开考场,结果自然名落孙山。第二年他又接着考,第一天他在考场极力控制自己没睡,做题非常流畅,不料第二天中午在家睡得太沉,醒来时下午的考试已经结束,他懊丧地放弃了后面各科的考试。第三年他母亲怕他重蹈覆辙,每天中午都守着他睡午觉,准时叫醒他。还给他买了风油精备用。有一场考试他真的又想睡了,他立即把妈妈给他准备的风油精抹上大脑两边的太阳穴,顿时睡意全无,一气呵成顺利完成试题。这年他终于考取了全国重点大学。

后来他发现自己特别能睡,瞌睡时刻缠绕着他,随时都会瞬间睡着。

他养成了早睡早起的习惯,晚上八点钟睡觉早上 5 点起床。晚上一到八点就哈欠连天,他睡觉不怕光不怕吵,特别喜欢边看电视边睡,常常是伴着电视里的声音进入梦乡,等到半夜起床小便时才把电视关掉,不知道浪费多少电。

有次回家晚了,他准备洗了澡就上床睡,谁知洗澡刚涂上香皂睡意突然袭来,他实在坚持不住,糊里糊涂一下撞在淋浴间的墙壁上差点倒地。

他学会了开车,有天在高速公路上,午睡惯了的他一下子闭

005

连心锁

上了眼睛，车子在高速公路上左右摇晃险些撞上护栏，把车上的妻子、女儿吓的不成人样，发誓再也不坐他开的车。

参加工作后他进步很快，被提拔为单位副职。有次晚上单位开全体员工大会，他竟然坐在主席台上睡着了，呼声响彻全场，坐在他旁边的领导立即碰了一下他，他才从呼噜声中惊醒，他在台上环视四周，看到台下二百多名员工伸着脖子诧异地集中看着他，他尴尬地出了一身冷汗。

他打麻将都是选择双休日的白天，偶尔晚上打，他也要在中途睡一会儿。他可以边打麻将边眯着眼小睡片刻，大家习惯了，让他睡，出牌时大家大声叫着那张牌让他听见，该他摸牌时别人就叫醒他摸牌，他摸张牌打出去又接着睡。这段时间别人的和牌率极高。他这样睡半小时就行了。睡后他头脑格外清醒，频频和牌，经常反败为胜。有时他还会采取另一种方式，要睡了他就叫另外 3 个人休息一下，他随即扑倒在桌子上一下就睡着了，麻友们于是上厕所、抽烟、离桌乘机活动活动筋骨，几分钟后他睡好了大家又继续开战。圈子里的麻友们都了解他，后来每到九时，麻友就会主动起身让他睡会儿。

同事们最怕出差时与他同住一个房间，他睡前躺在床上与同事聊天会很快睡着，甚至一句完整的话没说完就闭上眼了，极有节奏性的呼声充斥着整个房间，弄得同事彻夜难眠。

母亲病逝了，他悲痛欲绝，没有比这更伤心的事了。从小母亲就娇生惯养他，含在嘴里怕化了，捏在手中怕碎了。放学晚了，母亲会不放心去学校找，参加工作后出差火车晚点没按时回家，母亲会往坏的方向想，一直站在家门口张望。后来，他为了不让母亲担心，每次出差他都会把回来的时间说后一天，这样他提前回来母亲高兴得不得了。

全民微阅读系列

按风俗,老人去世后遗体在家停放三天就要出殡了,但他不依,非要放在家中一周。他舍不得母亲,母亲一生对他太好了。于是他整整守了七天七夜,也哭了七天七夜,母亲养育他的过程像放电影似的一幕幕在他眼前掠过,平时嗜睡的他竟然没睡一下。

七天后母亲终于出殡。他想好好睡一下,但怎么也睡不着,嗜睡的癖好一下子烟消云散。

他发现自己平时不再想睡觉了,晚上在床上翻来覆去始终合不上眼。他一天只要睡三四个小时。

打麻将也从来不要睡了,还主动提议打到天亮。出差晚上躺在床上一直找同事聊天,聊到天亮也没睡意,同事挺不住,仍然害怕同他一起出差。

有天深夜,他像平时一样躺在床上睡不着,突然他感到房子在震动,他倏地意识到:地震了!他穿起衣服就往外跑。他看到没有一个人出来,于是便返身去叫醒别人,他住的是筒子楼,他把这栋楼的4层所有住户一家家叫醒,叫不醒的就踢门:地震了!地震了!大家听到他的喊声都乱成一团跑出楼了。天亮了,大家看到只是轻微晃动的楼终于松了一口气,大家正要谢他时才发现他不在身边。大家心里一惊,是不是他还在楼里叫人?是不是遇到了什么危险了?大家立即兵分四路到四个楼层分别去找他,大家发现他靠在楼梯转弯处的墙边睡着了。

连心锁

连心县连心镇连心村有个连心山，连心山上的山顶上有许多卖连心锁的。

几十年来当地村民就是利用"连心"这个带有感情色彩的地名开发出了这个专卖锁的旅游景点，村民在山顶上种了不少的树，整个山头的两棵树之间拉着长短不一的铁链，铁链上串着大小不一五颜六色的锁，每个锁都飘着一根根红色丝绸带，琳琅满目，场景十分壮观。

村民还在锁摊旁建造了不同的小亭子，亭子旁边还配有小食品摊点，都是为了全村人到山顶上经营卖锁。大家祖祖辈辈靠卖锁生活，小日子也过得有滋有味。不少卖锁的人还为此发了财。几十户村民的摊点兜售着各自不同的锁，有的是夫妻，有的是一家老小全上阵。

每天成千上万的旅游都是奔着这带有感情色彩意义的连心锁来爬上山头的。锁的价格几元至一千多元不等。游者买锁后，对摊主说出自己的愿望，摊主把你的愿望和名字刻写在锁上，游者把刻好字的锁锁在两树之间的铁链上，然后把钥匙扔到陡壁悬崖山下的江水里，表明再也不可能打开这把锁了，刚才写在锁上的愿望永远都无法改变。买锁游客有十分虔诚祝福健康的，有一心一意渴望发财的，有千方百计求子求孙的，更多的是信誓旦旦表明爱情的。

大部分买锁者都是男女青年，他们为了永恒的爱情一生一世不变,把祝福的话和自己的名字刻在锁上,然后毫不犹豫地向旁边悬崖扔下钥匙。

吴锁位是这个村土生土长村民,他在山顶上卖了二十多年的锁,那几块钱的锁卖出了几十元或上百元,一百元的要卖到上千元,赚了不少钱。他快乐了二十多年了,心想,这一生注定与卖锁结下缘了,就像他的名字一样,锁定了生活的位置:"锁位"。可是这些天怎么也他快乐不起来,紧锁眉眼,心里一直纠结着,他想着那个女人,爱着那个女人,那女人的影子时时刻刻在他眼前晃动。吴锁位想离婚,但又对不起山下在家照顾自己老人的妻子。

一年前,他在锁摊上突然看到一个单身女子径直朝悬崖走去,说时迟那时快,他一个箭步冲上去一把拉住了女子的衣服,把她救了下来。女子后来告诉他是为情寻死,一个同她谈了七年恋爱的男子突然不要她了,跟了别的女人。女子感到生活绝望,就来到她与那个男子曾经买过锁发过誓丢过钥匙的这里了却一生。女子想用自己的生命换回悬崖下的那把曾刻过誓言的锁的钥匙,以示对那男子的憎恨。

后来的日子,吴锁位一直开导她,关心她,还经常叫女子上山来锁摊上看许许多多的男女游客买锁真诚示爱的场面,让女子明白世上应该有真爱。

女子很感激,毕竟救了自己一命。她愿意经常上山听着吴锁位唠叨。有时看到摊位忙了,女子便一起帮忙同吴锁位卖锁,他们犹如一对卖锁的夫妻。

可不知哪一天,事情却朝着另外一个方向发展,女子从感激变成了感情,女子向吴锁位求爱了。吴锁位一开始十分诧异,后来被女子的真情打动了。吴锁位想天天卖锁的生活太单调,反正也有钱了,想寻找刺激。

他们真的爱了,爱得死去活来。

吴锁位爱这位女子,女子年轻、美貌、善良,吴锁位想同这位女子过一辈子,可是一细想山下的结发妻子没有过错,我怎么开得了这个口呢?

这时,一男人背着一个女人吃力地爬上山顶了,男的上气不接下气来到吴锁位摊点上,气喘喘说要买一把最大的锁,吴锁位拿出了一把标价1200元大锁。男子说刻下"我错了,今生永不离弃!"。吴锁位诧异地看着男人,待男子休息片刻坐定后,吴锁位边刻字边问起男人,男人说,前几年我有钱了,有外遇了,但妻子不但没教训我,反而一直不离不弃,在生活中用行动感化我。上个月她为我病床上的母亲到药店买药,不幸出了车祸,截了半条腿。我错了,我不能离开她,更不忍心抛下为我而现在残疾的她。为了对妻子忏悔,我今天一定要背她上山来买把最大的"连心锁",当她的面刻下我的道歉,说出我的决心,锁好锁,然后抛掉钥匙,我要爱她一生一世!

吴锁位听着男子的诉说,眼眶湿润了,泪水差点掉在手中的锁上。

他刻好字,把锁给了男人,然后说,你们的爱情感动了我,就为你这么费劲背妻子上山的诚意,这把锁的钱我就不收了。

男人不依,一定要给钱,否则便没有诚意。吴锁位最后只收了100元锁的成本费。

目送着男人又背着女人下山,吴锁位整整一天没心思卖锁了。他愣愣地坐在锁摊前,像一个被锁锁住的动物。

第二天,吴锁位突然带着妻子上山,把自己锁摊上的200多把锁全部刻上"我错了！"，然后叫妻子一起把钥匙扔下悬崖下。

妻子愣住了，不知道发生了什么事。

后来山顶上再也不见吴锁位卖锁了。

后来吴锁位的手机号也换了。

（原载《微型小说选刊》2014 年第 4 期）

根根药店

根根药店开了 33 年。

当然，前 30 年是根根父亲开的。

根根的药店开始不叫根根药店。根根父亲早年一连生了 4 个女儿，十分懊丧，常为断了家的香火郁闷，不料第五胎生下了一个男孩，父亲高兴地取名为根根，第二天就把药店名字换成"根根药店"，那四个字还是烫金的，表明家族和药店都有接班人了。

根根药店很出名，出名不仅仅是药店开的时间长，药的种类齐全，更主要是根根父亲为人厚道，从不卖假药。价格也始终保持适中，因为卖高了老百姓不高兴，不来买，卖低了会遭到同行的攻击，难以生存。因此大家对根根药店有口皆碑。根根药店也赚了不少钱。

3 年前，根根父亲身体开始不好起来，父亲决定把经营了几十年的药店交给儿子。父亲不仅交给了根根药店，更传授了经营的商业道德，叮嘱宁愿少赚钱也要守住药店好的名声根根记住了。

根根生性同父亲一样老实，经营药店实实在在。他对所有顾客都笑脸相迎。有顾客买药还价只要能过得去他都让了，于是大家都愿意到根根药店买药。有许多卖假药的找上根根药店推销假药，利润很高，且吃不死人，但都被根根拒之店外。

有天，根根看到老远有家大药店门口排了好长好长的队，熙熙攘攘，人声鼎沸。根根好奇地到里面打听，原来是一家连锁药店，为了提高营业额故意大幅度降低一种人们常用的治高血压药品的价格，虽然卖这种药亏了，但给顾客的错觉是这家药店卖的药好便宜，以此来吸引顾客，其实其他药却卖得很贵。

根根药店不是连锁店，他的药店从品种到数量都难以去竞争，不可能大幅度降价。有些老顾客来根根药店买药也要根根同其他连锁药店一样大降价，根根解释说降不了，顾客很不高兴，甚至骂根根药店是"黑店"，根根只有忍气吞声。

不到一个月，根根药店营业额迅速下降，甚至每月的营业额连店面的租金都付不了。

根根告诉了父亲。

父亲说我们就少赚点，人家降多少我们也降多少，亏了也没关系，过去我们不是赚了不少嘛！

根根勉强地点点头，按照父亲的意思去做。

第一个月亏了三千。

第二个月亏了五千。

第三个月亏了八千。

根根坐不住了。他想再这样继续下去根根药店要关门了。

根根也想卖假药了。

根根不再拒绝假药上门。只要不吃坏人，吃死人的药他都进。他最喜欢进减肥药,35元进来可卖350元出去。

很快,营业额急剧上长升,扭亏为盈。

根根父亲很高兴也很纳闷,难道儿子经营真有秘诀?

有天,根根父亲突然来店里探个明白。

一进门就听到有顾客吵闹。女顾客说他上个月在店里买了避孕药,谁知吃了一个多月竟怀上了孕,这肯定是假药,坚决要根根赔偿。根根坚持否认是假药。争吵引起许多人围观。根根父亲上前拿过药一看就明白了。根根父亲立刻向女顾客赔了礼,称可能是误进了错药,并答应赔偿二万元。女顾客这才罢休离去。

女顾客走后,根根父亲叫根根立即关上店门,狠狠地抽了根根两个耳光,同时做出两个决定:1.把药店的假药统统下架扔掉,2.从今天开始根根离店,店收回,继续由自己经营。

根根父亲拖着有病的身体继续经营药店,药店的人气一下子又旺了起来,恢复了当年繁荣景象,但根根父亲身体却每况愈下。

根根不忍心看到父亲如此操劳,他乞求父亲继续让自己来继承父业,保证今后不会再犯错误。

根根父亲信了根根。

根根又开始出现在药店了。他再也没有进一点假药,每天笑脸相迎每一位顾客,药店人气依然如昔。

可是有一天,又有一位胖子女顾客来闹店,说买的减肥药是假的,现在还是这样胖,根根只是笑笑没同她争吵。胖子女顾客也只是说说就走了,没有提出任何其他要求。

过了三天胖子女顾客又来店里说吃了没有半点减肥效果,说说又走了。根根又只是笑笑。

一周后胖子女顾客又来到药店说同样的话。根根同样还是笑笑。

　　第四次，胖子女顾客又来店里了，根根实在忍不住了，趁着店里只有胖子女顾客一人，很紧张的小声告诉她，我喜欢你，特别喜欢你丰满的身材，我不想让你瘦下去，所以在你第二次来之前我就特意进了一盒假减肥药。

　　根根等待着胖子女顾客的一顿臭骂。

　　不料，胖子女顾客显得得十分兴奋，抑制不住大声对根根说，我也想告诉你，第一次来你药店买药就被你的人品和男人味所吸引，但我羞于表白，所以我经常借口减肥药是假的来药店接触你，看你，其实减肥药我一口也没吃。

　　哈哈……两人笑在一起。

　　一年后，根根与胖子女顾客结婚了。

　　又一年后，他们生下了一个胖小子。

　　根根高兴得不得了，心想根根药店又有接班人了。

　　根根立马把"根根药店"改为"根根根根药店"，不仅那六个字是烫金的，而且整个牌子都是用镀金做的。

全民微阅读系列

玲玲鞋店

　　玲玲长得胖，像她店里卖的棉鞋一样，臃肿又端庄，瓷娃娃的善面，给她带来许多生意。

　　玲玲的鞋店位置选得好，在县里人进省城的必经之路上，县里进城来批发鞋的要经过她店里，城里人买便宜的鞋来她店里也不远,因此店里常年跑火,经常日进万元。

　　玲玲的鞋店品种齐全,款式多样,适合各种人群,给顾客很大的挑选空间,店里经常人头攒动,忙得不亦乐乎,她同别人不一样,可以无条件允许客人退货。她说,人的脚掌大小早晚可相差 5%,早晨较小,午后稍胀大,体力活动后脚掌也会比原来胀大10%。因此下午买鞋最合适,上午买鞋就要选长宽均大几毫米的鞋。试鞋的时间段不一样,穿鞋感觉也不一样,从生理现象看,人的脚型在下午 3-4 点钟的时候最大,早上的时候最小,应该在早上或上午的时候试穿的鞋子有:浅口式、带式、跳舞式、舌式鞋以及前帮短浅无紧固辅助部件的鞋类。因为这些鞋子要求比较紧贴脚型。尤其是客人替别人代买鞋更会有不合适的情况。因此鞋穿的不合适在一周内可以无条件退换,即使穿了也可以退。

　　她对所有帮人家买鞋的顾客都会详细地问清楚对方的性别、年龄,偏胖偏瘦。如果看到是一对青年男女来买鞋,她一定会问是否结婚,如果是恋爱时期,玲玲会劝他们不要一起来买鞋,不要送对方鞋子,因为送鞋意味着分手。有次一对恋人执意要相互给对方买双布鞋,玲玲劝不了他们,就叫他俩过几天来买。几天后,这对青年拿到自己看中的那四只布鞋上分别绣上一个字,加在一起就是"永不分离"。玲玲不仅送了祝福,还没要鞋钱,两青年非常诧异,结婚那天亲自送喜糖来了,脚下穿的就是那双"永不分离"的布鞋。

　　一天,她在报纸上看到一则新闻,一男子下水救起落水儿童,上岸后却发现自己的皮鞋被别人拿走了,引起众人愤慨。她立马按照报纸上说的地址,送去了十双皮鞋给那个"见义勇为"的人。谁知此事又被新闻媒体跟踪报道了,许多市民被感动,纷纷跑到玲玲的鞋店来买鞋,帮助玲玲,那天,玲玲的鞋店创造了单日零售数量最高纪录。

玲玲家住湖口县，位于县城南面的鄱阳湖中有座山。形状似鞋，前低后高，周长1000多米，最高处高于水面90米。传说是仙女落入湖中的绣花鞋，故名鞋山。该山地处鄱阳湖与长江的交汇处，是从南至北百余里湖面的唯一大岛。该岛周围碧波滔滔，三面绝壁，仅西北一角可以泊船。登临岛上，西望庐山群峰叠翠，北眺石钟小巧玲珑。岛上绿树葱茏，远处湖水涌浪，烟波帆影，一片天高水阔的世界。近几年吸引着许多旅游者参观，成为江西一块旅游胜地。

玲玲为了扩展业务，利用鞋山资源与自己卖鞋子相吻合，把鞋子搬到鞋山上卖，开了一个鞋子小卖铺作为一个分店。原来的店就给丈夫经营了。谁知鞋山上卖鞋子一下子就火了。上山的旅游者听到鞋山的美妙传说，都纷纷购买带有传奇色彩的鞋子带回家送亲朋好友作纪念。玲玲的鞋子经常供不应求。

有天，来了一个几十人的香港旅行团。一对母女在船刚靠近鞋山时，女孩不小心踩了一下把脚上的一只鞋掉下水中，母亲为了捞鞋不小心跌入水中。玲玲见状，毫不犹豫跳入水中救出母亲。并在鞋店里给小女孩配上了一双新鞋。玲玲全身湿透，筋疲力尽。母女俩和整个香港游客感动不已，母亲拿出钱来感谢玲玲。玲玲婉言拒绝。这时香港游客商议后，一下子把玲玲店面里的鞋全部买走，说带回家把鞋送给亲朋好友时，同时传诵这个感人肺腑的故事。一时间玲玲的鞋店空无一鞋，断货多日。

后来，香港旺角女人街新开了一家鞋店，店名为"玲玲鞋店"。店主就是当年那个落水被救的母亲，她说这是为了永远记住玲玲这位大陆救命恩人。她请玲玲长年从内地给她供应鞋源，从此香港这家"玲玲鞋店"便成了玲玲的第三分店。

笔　会

王笔有好久没有参加这种全国性的重点小说作家笔会了。

王笔写小说很早，是我国新时期较早从事长篇小说创作的作家，早在二十世纪八十年代他就创作了几部轰动的大部头并屡获全国大奖，引起了很多读者关注，从此确定了他在文坛上较高的地位。他经常以重点作家的身份出席各种小说笔会。或许是王笔头脑灵活，人缘好，工作又卖劲，于是逐步被提拔为局长了。他整天忙于行政事务，作品自然少了很多，但他从没放弃创作，他清楚做官是暂时的，而创作却是永恒的。他一直在挤时间写，但过去那种曾引起文坛轰动的辉煌作品早已离他而去，他开始在政界上被人重视，而在文坛上渐渐被人忘记。

他这次参加笔会是一个全国长篇小说 30 年成就回顾总结会，他是以我国长篇小说发展历程中其中一个阶段性重要人物的身份来参加的。谈到那个阶段的文学辉煌怎么也绕不过他，他的小说成了一个时代的里程碑，吸引了一批读者群。

他到会后，除了认识几个与自己同时期创作的老同仁外，一批年轻的后起之秀青年作者都是新面孔。大部分人都不认识他，更没有人找他交流。会前、会中休息和就餐前后大家都同任何一次笔会一样，围在一起分发名片，互相问好寒暄，争相拉着不同的人组合拍照留影，唯独没有人叫他照相。每次吃饭时大家相约一桌一桌的，唯独没人叫他，他只有见缝插针，哪个桌上有空位子他就填空似的坐在那里。饭桌上大家相互介绍，就是没有一个人介绍他。他似乎被人抛在角落，像一个不存在的人。

他真正感到了文坛对他的遗忘，他心里常常愤愤不平，当年我获奖时你们这帮年轻的不要说一个字都没发表，有的还在穿开裆裤，甚至还在娘肚子里。当年开笔会，大家都是以我为中心，围着我转，男女老少谁不跟着我。开会有人帮着倒水，饭桌有人抢着盛饭，参观游览有人轮流提包，多威风！

笔会的第三天，大家发现王笔的身边多了一位美女，她是王笔局长的办公室秘书叫李美丽。女秘书来这座城市办事，顺便来看王笔，等到散会后一块回单位。

李美丽尽管刚过三十岁，但风韵犹存，那楚楚动人的身姿与她的"美丽"名字十分相配。

本来参加笔会的女作家不多，一下子，大家把注意力从凤毛麟角的女作家身上都转移到了李美丽身上。大家开始靠近王笔，开会、吃饭、参观都抢先围在王笔身边，这样才有机会接近李美丽。

李美丽的长相本来就给人清高之感，加上她又装清高，一般不同别人搭讪，很少回答别人的问话，她只是寸步不离地跟随着王笔局长，让人感觉王笔有这样天仙般的美女同事没有白活。于是作家们都羡慕起王笔来，向一起来参会的老作家们打听起王笔来。当大家知晓王笔曾在文坛上的辉煌创作成果时，大家一下子仰视着王笔，另眼相看了。

于是，大家以王笔为中心。开会时有人帮他倒水，吃饭时争着坐他身边，向他敬酒，参观时大家轮流抢着提包。

王笔似乎又感受到了当年发表长篇小说引起文坛轰动的那种久违的满足。他为自己刚完成了生活中的一篇得意作品而十分兴奋。

笔会结束,大家记住了李美丽,更记住了王笔。

在回程的路上,李美丽问局长为什么大老远的叫我坐飞机来接你,王笔回答,你已经出色地完成了你的工作了,嘿嘿。

改天请你吃饭

郭老师从县城中学调到省城中学工作,当时家属还没跟来,与学校老师们也没混熟,学校又不能补课,所以每到双休日郭老师就显得特别寂寞,于是,他就给曾在省城一起读大学现在省城工作的同学一一打电话,告诉他们自己调到省城工作了,他想对方肯定都会在电话说,祝贺你调到省城,你在哪个学校,我过去看你,或者说你来我这玩吧。可是没有一个同学说这类话,倒是千篇一律地对他说同样一句话:改天请你吃饭!郭老师不懂,为什么这些在省城工作的同学都说这样一句同样的话?我打你电话是想告诉你我调省城来了,以后可以常见见面,要吃什么饭呢?我又不是没饭吃,向你讨饭来了。虽然自己不会弄饭,一个人天天在食堂吃,但菜的品种多,吃的蛮舒服的。这些省城人连一句多余的客气话都不说,就是看不起县城人。

没过几天,一同学真的打电话来了,请郭老师晚上吃饭,电话里说还叫了所有在省城工作的大学同班同学。郭老师不想去,心想我打电话给你又不是为了讨你这餐饭吃。在县城同学想见面非常容易,打个电话几分钟就可以见到人了,到了吃饭时间大家就各自回家吃饭了，也没听说谁请谁吃饭。只有遇到子女升学、结婚或乔迁新居等喜事才会互相宴请。郭老师想到今天省城的同学都会到场，与老同学见个面也好，决定还是去吧。

郭老师很早就出发了，想早点见到同学。出发前郭老师问了好几个同事才知道到同学说的那个酒店应该坐几路车，去哪条路。他转了二次车走了十分钟的路，好不容易找到了那个酒店，迎宾小组把郭老师引进包房，但房内空无一人，他十分失落。

终于等到第一个同学进来了，同学忙解释说，在单位开会刚散会就赶来了。不一会第二个同学也到了，说堵车，路上堵得一塌糊涂！第三个进来的同学是做东的，边进门边接一个同学的电话，对方说家里临时有事来不了。他见到郭老师，刚与郭老师握手寒暄一阵后，手机又响了，又一个同学说找不到酒店，他就耐心告诉对方如何如何走。接着他又主动打另一个同学的电话，对方说还在学校处理一件刚发生的事，别等了，大家先吃吧，我一定会到。他说不行，一定要等你一起吃。

接着，大家围着郭老师寻问调到省城的经过，郭老师主动介绍自己的近况。郭老师从同学们的谈话中了解到，同在省城的同学几乎都是一年半载没见过面，即使见面也是在很早很早时间前的饭桌上见的。郭老师弄不明白，为什么在省城见个面就这么难，见面一定要通过吃饭的形式，而且吃饭聚会如此之难。

菜都上了，凉了。

最后一个同学终于到了，离约定时间整整晚了一个小时，但大家都觉得习以为常，丝毫没有责怪的意思，似乎省城人聚会吃饭迟到是件司空见惯的事。郭老师肚子都饿得咕咕叫，当年在县城等人吃饭不超过 10 分钟，因为县城就那么大，从东到西也不要 20 分钟。郭老师觉得这样聚会吃饭吃得很累。

后来,郭老师与学校的同事们都熟了。郭老师一个人没事,下班闲着经常会主动帮同事改作文,同事就说改完后请你吃饭。起初,郭老师听不惯这句话,帮你改几个本子吃什么饭?!后来郭老师经常听到同事之间都说这样的话,也就习惯了。

有一次,同事家里突然有事,叫郭老师帮忙换上一节课。郭老师一口答应了,同事又说改天请你吃饭。郭老师觉到实在好笑。

由于工作负责,翌年郭老师担任了班主任,望子成龙的家长经常会来学校或电话里向郭老师寻问小孩的情况,临走时或电话里的最后一句话都会说改天请你吃饭。郭老师说不要不要,家长说一定要,郭老师想反正天天吃食堂出来换个口味也行。郭老师觉得没在县城当老师实惠,家长求子成才心切,会提着烟酒或其他礼物上门拜访,而省城的人却把请你吃个饭当成是一件很大的事,吃完了饭就觉得了却了一个很大的人情。

很长时间后,郭老师也习惯了,有的同事帮了自己的忙后,郭老师也会脱口而出:改天请你吃饭。

有天,郭老师突然接到一个曾在大学同班的同学电话,说从县城调到省城来了,想过来看看郭老师,郭老师高兴脱口而出:改天请你吃饭!

但郭老师却没有听到同学的回答。

好长时间过去了,有一天调到省城来的那个同学突然打电话求郭老师帮忙办件急事,郭老师很爽快答应了,并迅速办好了。

同学高兴得不得了,脱口而出:改天请你吃饭!

点 菜

蔡所长素有"美食家"之称。

蔡所长所在的城市不大，但餐饮业却很发达，市民们都愿意把钱花在吃上，因此这个城市酒店繁多，新酒店也如雨后春笋不断涌出。

蔡所长每到一个酒店都习惯自己点菜。如果是他请别人吃饭，他喜欢提前到酒店把菜点好。客人若知道是蔡所长自己点的菜，都会一边吃一边奉承说，领导亲自点菜呀，我们好荣幸啊！其实蔡所长是为了自己的口味点自己喜欢吃的菜。若是别人请蔡所长吃饭，只要对方有些熟，蔡所长都会对别人说等我点菜，对方听了会高兴得不得了。通常请人吃饭点菜是最头痛的事，菜点便宜了客人会说小气，菜点贵了主人又舍不得，更要紧的是点的不合客人胃口那就更尴尬了，所以只要蔡所长开口说自己来点菜，主人是求之不得了。若是请客方蔡所长不熟，他不便自告奋勇去点菜，但主人点的菜不合自己胃口，他会不怎么动筷子，而且会借故提前离席。

不过，蔡所长点菜点的好确实是大家公认的，他很讲究，注意冷热适宜，荤素搭配，颜色多彩，新菜和特色菜兼顾，营养全面。所以进食者都希望蔡所长点菜，即使是个别菜不合大家口味，大家也忽略不计。

蔡所长一般不点招牌菜，他说商家抓住消费者爱点招牌菜的心理,往往选择一些价格贵、利润高的菜肴作为招牌菜。他也很少点滋补汤,他说餐馆的滋补汤很可能是用最便宜的大棒骨熬制而成,再将肉块和药材加入汤底,利用药材的气味掩盖猪骨汤的腥味。他点时令菜前一定会先问价格,因海鲜类产品和蔬菜、果汁等,市场价格变动大,否则结账时有可能被昂贵的账单吓一跳。

再好的餐馆他周一都尽量不去吃,他告诉大家因为餐馆厨房一般在星期六早晨完成当周最后一批进货,这意味着星期一上馆子时,食材已经放了至少两天。蔡所长还特别忌讳在餐馆打烊前去用餐,这时厨师一般会应付了事,而且厨房已经进入清洗消毒阶段,食物接触到洗涤剂的概率会大增。

菜好吃的酒店,蔡所长会连续去吃,一直到吃腻为止。他会把所有的菜一次次的点,轮流的点,滚动的点,像电视台的流动新闻一样,然后又轮流,又滚动。就餐时他会主动向同桌人介绍哪个菜有什么特色,哪个菜是世界上最好吃的菜。大家吃后都赞不绝口。

不好吃的店,他吃了第一次不会有第二次,而且还叫其他朋友和同事也不要去。

蔡所长还有一个很好的习惯,结账时他一定要亲自对账。许多餐馆抓住消费者不好意思当着客人的面对账这一心理,经常算错账,往往多算不少算。

酒店去多了,同店里的经理、部长、服务员都混熟了,后来连点菜员都记得蔡所长喜欢吃的什么菜,蔡所长偶尔会偷下懒,让点菜员点菜。

酒店的经理大都有每月营业额的销售任务,习惯给客人发名片套近乎,引客人吃饭,有的甚至抛媚眼、送秋波,但蔡所长出淤泥而不染,从不动声色。他说我是来吃饭的,又不是来吃人的,这些经理对我这样,对别人也是如此,我从不吃这套。蔡所长最多只是偶尔逢场作戏开开玩笑而已。

后来,无论什么饭局,只要蔡所长参加,都是蔡所长点菜。

有一次,又有饭局,蔡所长正准备去餐馆点菜,突然遇到一个急事要处理,他担心太晚了去点菜怕大家等得着急,就叫司机代替点一下菜。

司机点完菜就忙别的事去了。

蔡所长办完事后,菜都上桌了,大家一边吃一边不停地赞美这桌菜如何如何点的好,赞美蔡所长不愧为"美食家",更不愧为姓"蔡"(音"菜")。

蔡所长忙解释今天的菜不是自己点的,是自己临时有事叫司机随便点的。但吃饭的人没有一个相信。

蔡所长说,今天的凉拌菜多了,我从来没有这样点过。大家说多吃凉拌菜好啊,这些凉菜不仅风味清新、色泽清爽,保持食物本身的营养和风味,还能消除油腻感,起到振奋味蕾的作用。

蔡所长急了,指着菜说,你看桌上的蒸菜、煮菜也多了,大家说蔡所长你就别谦虚了,蒸菜和煮菜可以减少烹调中的油脂数量。

蔡所长显得一脸的无奈。

这时主食很快上来了,蔡所长急忙抓住这一机会说,怎么样,我说了今天不是我点的菜吧,每次我点完菜都对服务员强调上菜顺序,要求后上主食,今天主食却这么早上了。大家又说,蔡所长,我们最近看到一张报纸上宣传,主食先上是正确的,否则当大家在最饥饿、食欲最强的时候吃进去大量动物性食品,后上的主食就吃不下或者吃得很少了。

蔡所长听了觉得也有些道理。

第二天一上班,蔡所长就找到司机问,昨天你点的菜很受大家欢迎,你是……

司机听了一笑说,我没有作任何考虑,只是点了一些您平时没有点过的菜。所长,我一直不敢说,其实这几年跟着您吃饭,虽然菜点的很好吃,但再好吃的菜也不能重复吃几十遍啊,我和大家早就吃腻了。

啊?!蔡所长一愣。

许久,蔡所长倏地对司机说,以后点菜的任务就交给你了。

啊?!司机也一愣。

后来,蔡所长再也没点过菜了。

茶 圣

张老师的茶龄比自己的年龄只少 12 年。

那年,他刚上初中,偶尔看到一本杂志上说,常喝茶叶能长寿、提神,学习效率倍增。中午放学后便偷喝了父亲茶碗里的茶水,他第一次尝到了苦涩,也第一次异常兴奋。在下午的生物课考试中,他精力集中,思维敏捷,破天荒地在全班抢了个头名,自此便与茶叶结下了不解之缘。

考大学那天,他又使出了绝招,喝了一杯很浓很涩的茶,进考场后超水平发挥,平日遗忘的知识倏地化为强烈的记忆回放,结果金榜题名。他报考志愿表上的唯一志愿:省农学院生物系茶叶专业。他想大学毕业后潜心研究茶叶，人生没有比这更崇高、更富有乐趣的职业了。他终于如愿以偿，但遗憾我国大学史上从来没有茶叶专业，只是生物系开设的《植物学》一书上有两章茶叶的种植。他不甘心，把那两章翻得破烂，内容简直可以倒背如流。他把大学的一半时间全用在钻进图书馆寻找与茶叶有关的所有资料。

最后一个学期，他至今都记不起为啥事同生物系主任吵得面红耳赤。他寸步不让，取得了痛痛快快的胜利，但毕业分配时系主任给了他小鞋穿，被打发到一个县城中学教生物。他后悔那天不该喝茶太多，以至于自己的逻辑思辨能力达到了登峰造极的程度，否则就不会使系主任在学生面前无地自容，自己就会以高才生的身份进省生物研究所专攻茶叶了。他好恨茶，恨那天的茶。

不过，到县中后他仍然喝茶，越喝越多，愈喝愈浓。那透明的玻璃茶杯三分之二是茶叶，他喝上两口便要加水，每隔五分钟就要喝一次，一天要冲换六次茶叶，年级组里仅有的两瓶开水几乎被他一人独吞，弄得其他教师常常舌敝唇焦。好在知识分子爱面子，别人不言，张老师也有自知之明，他便每天上班从家里提一瓶开水到办公室。遇到上课，干脆把茶杯、水瓶连同讲义统统带进教室。

"文革"一开始，张老师第一个被揪。上革命的课却带资产阶级的茶水进教室，甚至怀疑共产党的开水有毒而自带资产阶级的水进办公室，这是资产阶级向无产阶级挑战，是名副其实的资产阶级典型代表。张老师觉得荒唐，压根儿不承认，红卫兵便天天斗他，天天斗他也坚贞不屈。不知是谁出了个馊主意：断掉张老师的茶水。这比要他的命还要命。他拗不过，第一次说了违心话。不过他向红卫兵提出了条件，给他先喝了一杯很浓很浓的茶。

后来，张老师再也没提过开水瓶进办公室，连想都不敢想在课堂上喝茶。他每次临上课灌满两大碗，尽管小腹涨得痛，但比没茶喝的煎熬要好受得多。中途抗不住，便给学生丢下一个练习题，趁学生抓耳挠腮之际溜进办公室喝上两碗，又立即回教室继续授课。年复一年，总算能对付过去。

"四人帮"倒台了，尊师重教的春风吹进了校园，各班争先开展"敬老师一杯茶"竞赛活动。学生恭恭敬敬为讲台上的张老师沏上一杯茶。他如鱼得水，好像此项活动是专冲自己来的。他不需再中途溜出教室，而是津津有味地讲上几句，便理直气壮地喝上两口，学生则忙不迭地加满茶杯。结果，张老师这个班一举夺得了竞赛活动优胜奖。

有天，年级组办公室的门被撬，又唯独张老师的抽屉被撬，单单偷的又是他的茶叶，弄得张老师一上午惶惶不可终日，向其他教师讨了好几次茶叶。

三年后，张老师突然收到了一个陌生包裹单。他从邮局取回了一袋茶叶，袋开口处放着一封信：

张老师：

学生向您认罪来了，三年前是我偷了您抽屉里的茶叶，因为那天的前一天您批评了我生物考试不及格，我想报复。

高考名落孙山回乡后，为表示对您的忏悔，我承包了村里20亩地，用您在课堂教的种茶知识，把它变成了一片绿色茶林，每年收入上万元，这是您教诲的结晶。学生决定每月给您寄上一袋茶叶，请一定收下这颗流着泪的赤诚之心。

您的学生：钟查

自此,张老师喝茶再也没有买过茶叶了。

(原载《中国校园文学》1992 年第 8 期,获全国"宋河杯"校园千字文征文二等奖)

烟 圣

孙老师什么时候开始学会抽烟,他自己也记不清。

只是朦胧地记得小学毕业的那个暑假, 他和同学一起到鄱阳湖撮泥人玩,同学丢给他一根烟,呛得他两腿直跳,背弯得像自己撮的泥人一样,稍后一种兴奋侵袭全身。问其价钱,原来是八分钱一包的经济牌香烟。于是每人凑上二分钱又买来一包,他一连吸上五根。次晨,眼算是睁开了,喉咙却肿得关闭了似的。几天后喉咙康复,倒是常常恋着烟,不抽像丢了魂一样。

抽烟的档次随他升入中学也升级了,他抛弃"经济",从"欢腾"跃上"飞马"。他把父母给自己的零花钱全买了烟。他的学习成绩班上没人能比,尤其是作文常被老师当范文在班上宣读。每次评三好学生他都够条件, 但只因抽烟违反校规竟一次也没评上。有一学期,全班仅他一人的各门功课都在 85 分以上,班主任不想让班上空缺脸上无光,把他报给学校。当上"三好"就不能抽烟,戒掉又谈何容易! 他思忖着,便跑到校长室硬是把自己的名字划掉,弄得班主任十分尴尬。

大学里饭菜国家包, 家里寄来的钱除买几本必备书外也都买香烟,尽管大学也有规定,大学生同样不能抽烟。但大学不设班主任，年轻的辅导员为了融洽师生关系，还常和学生互相递烟。有天，他的第一篇小说在省级刊物上发表了，轰动了全班。同学们缠着他请客，他十二分的乐意，把五十四元稿费换了十条大前门烟，见人两包。女同学嗔怪他没买糖果请她们，侵犯了妇女的合法权利，他理直气壮地反问道："谁叫你们不学会抽烟！"使得平日具有善辩特长的女大学生也目瞪口呆。

不过，那目瞪口呆中倒是有位姑娘从此爱上了他，她断定他会成作家。校园的每个角落都留下了他俩拥抱、接吻的身影，好不甜蜜。一日，她对他下令，以后约会得先漱口，否则不吻，她闻到烟味就头晕。小事一桩，他照直去做，只是每个学期要比同学多买几盒牙膏而已。可有次他忘了漱口吻她，她连吐唾液，毅然拂手而去。第二天她递给他一个信封，里面是一篇从报上剪下的文章《吸烟致癌因素多》，他斩钉截铁地回一信："我如戒烟会死得更早！"他与她分道扬镳，发誓要找个喜欢自己烟味的姑娘。

诺言使他的烟抽得更厉害，一天至少要两包，当然这是大学毕业后分到中学有了收入后的事。他极少扔烟头，把烟头撮小塞进另一支连续抽。据科学考证尼古丁都聚集在烟头上，但孙老师不怕，用他的话说："宁过抽烟的三十年，不活无烟的六十年。"一次，烟没抽完上课铃响了，他急匆匆把烟火弄熄藏入口袋，谁料课正讲到高潮，口袋里猛然窜出一股浓烟。坐在前排的一女学生眼明手疾，冲上讲台用课本死死压在孙老师的口袋上闭死了火种，孙老师这才发现棉衣上的口袋已烧成窟窿了。

不久，社会上成立了什么烟草专卖公司，把烟价翻个番，烟头上安一个卫生纸卷成的过滤嘴就要多出几元钱。那价格高得让孙老师的舌头伸出后好久没缩回。他的工资就够抽大前门，同事敬了红梅给他，他不能老是回大前门，于是口袋里常常备有两种档次的烟。不过,蛇有蛇路,鳖有鳖道。每学期开学的那两天,孙老师便有事无事地常到教导处里转。家长为子女转学、插班、留级的络绎不绝,敬了教导主任的烟,当然不能把旁边的孙老师挪下,那收获可几天不要买烟。他尝尽了杂牌烟的各种滋味。

某天,有位教师与孙老师打赌:不看烟牌能否抽得出是啥烟。真是老鼠碰上了猫,孙老师自感稳操胜券。双方议定,输者为对方承担一学期全班学生作文的批改任务。于是大家把孙老师眼睛蒙上,依次给孙老师递上一支烟。孙老师每支猛吸两口,便准确无误地报出了芒果、芙蓉、南昌、大前门、红梅五种烟牌。老师们佩服得五体投地,当即送了孙老师一个响亮的称号——烟圣。当然,那学期的作文还是改了,否则对不住自己的弟子。

老师的地位只有在每年八月才见成效。考进大学的学生家长,请老师喝酒,送老师礼物,以报教育之恩。某日,考入省师范学院的杨丽给老师送来了一箱大前门烟,孙老师惊叹不已,不曾想学生中还有如此深知自己的,他猛然记起那次用课本抢救自己棉袄的正是杨丽,心中涌起一种不可名状的欣慰,只是觉得数量太多,有点承受不住。更使他承受不住的是烟箱里放着一封求爱信。原来杨丽早就深深地爱上了孙老师,只因师生不能恋爱,才没把丘比特之箭射出。孙老师激动得创造了他抽烟史上的奇迹——竟有两小时忘了抽烟。但继而一想,自己大面前的学生十岁,更不知她对我的烟味反应如何。孙老师没松口,尽管以后杨丽连续来了几封如诉衷肠的痴情信。

一放寒假,杨丽带着在省城用高价买的两条阿诗玛烟直奔孙老师家,再次倾吐了自己忠贞不渝的爱情。趁孙老师万分犹豫,杨丽猛然勾住孙老师脖子把唇拉得不能再近。孙老师先是一怔,可那香喷喷的脸蛋异常诱人,倒也好,试试她厌不厌烟味。他倏地搂住她死命地吻着，不料杨丽喘过气来的第一句话是："这烟味真好闻！"孙老师为之感动不已，决心终身相爱。

不久，杨丽大学毕业毅然回到母校，并选择开学前蛮长的暑假举行了婚礼。

新婚之夜，送走客人，杨丽宽衣催孙老师上床，孙老师说声别急，从柜中把家里所存的香烟全部扔至门外，一划火柴烧了起来，霎时天地一片通红，那场景酷似林则徐虎门销烟一样壮观。杨丽见状，如当年冲上讲台扑火一样，跳下床奋不顾身地扑救。孙老师一把拉回杨丽紧紧搂在怀里喃喃地说："为了孩子，也为了你我。"

酒　圣

李老师喝酒天下第一，这是全校教职工公认的。

他每天上班从家里带一个空瓶放进校小卖部，下班后换回一瓶酒回家。中午一半，晚上一半的一半，次晨再喝剩下的那一半。这还是节制，"教书匠"那几个刚糊上口的工资喝不起。他若尽情地喝，两瓶白酒下肚才会从嘴里吐出"痛快"二字。

学校常接待来指导工作的领导，指导完了当然不能让领导空肚子回府，既然留下吃饭就得先喝酒，这是常规。可偏偏几位校领导书生气十足，生性不会喝那玩意儿，不仅不能使客人尽量，还时常被对方灌成烂泥，并落得不诚心诚意之嫌，有失个人及学校形象。为改变尴尬局面，校行政会研究决定：今后凡遇请客喝酒一律由李老师作陪。有不要自己掏钱的酒喝，还可以尽量，李老师自感交上了桃花运，自然在每次酒席上他都挺身而出。他喝得越多，客人灌醉的就多，校领导越高兴，可谓皆大欢喜。领导们一致称赞李老师是位校史上空前绝后的出色的陪酒郎。

不久，教师中泛起议论：李老师既不是校长又不是主任，凭什么享受领导的同等喝酒待遇，名不正言不顺。于是校领导召开紧急会议，讨论给李老师一个什么头衔才在教师中说得过去。安顶啥乌纱帽呢？当校长要县里任命，不可能；各处、室主任位子均已排满，也不现实。不过最近恰好要成立"校家属委员会"，李老师出任主任再好不过了。从此，李老师便以家属委员会主任身份一如既往地继续给上级领导陪酒。

又不知多久，上面来了一个红头文件，清除腐败，提倡廉洁，并明确规定任何单位待客一律四菜一汤且严禁用酒。起初还以为走走过场，谁知那次管文教的副县长陪省教委一位领导来校检查工作却动了真格。省领导指着满桌的酒菜狠狠地批评了一顿。李老师见状溜之大吉，他宁愿回家喝哪怕是没有菜的酒，也不能一餐不进酒呀！

教师节省里分了一个表彰指标给学校，表彰在这次反腐败斗争中涌现出的廉政干部。大家推选李老师当之无愧，自接到红头文件后他一直没沾过公家一口酒，况且又是校家属委员会主任，算得上是干部。

半个月后，市里派人给李老师送来了省里的奖状和一百元奖金。李老师当仁不让地把写有"廉洁公仆"的奖状镜框挂在家里的墙上，却死硬要退回那一百元奖金。他说既然是奖给没喝公家一口酒的人，这人就理当不能要公家一百元冤枉钱。市里来的人说这是组织决定，他无权代收。李老师一不做二不休，索性拿这一百元钱到饭馆订了一桌丰盛的菜肴，为市里来的人接风洗尘。自然邀上了过去常在一起喝酒的校领导。一百块钱只够备菜，李老师自己还掏腰包买了酒，总算没私吞国家一分钱，他感到欣慰，这天李老师喝得连呼："痛快！"

翌日，县里来人取走了墙上的奖状。原来有好事者告状：那钱是奖给不占国家半点便宜的人，怎么又能拿国家的钱同领导一起喝酒，这算得上廉洁吗？李老师喝酒的口只进不出，他不想与那人争辩，反正昨天已够痛快，只是奖状取走了他觉得委屈不已。

他发誓再也不出去喝一口国家的酒。

自此，他照常每天上班从家里带一个空瓶放进小卖部，下班后换回一瓶酒带回家。中午一半，晚上一半的一半，次晨再喝剩下的一半……

书　圣

李老师嗜书如命。

孩提时李老师就经常把父母给的零花钱省下买书，他的书柜里至今都保存着30年前买的小人书。

大学毕业回中学教书，李老师更是疯狂地购书。县城很小，仅一家书店，但他经常隔三岔五地往书店里钻，哪怕是踏一下书店的门槛心里都觉得充实得多。日子一长，他跟书店所有营业员都搞熟了。那些年不时兴开放书架，但书店的书却永远向李老师一人敞开，只要李老师一进书店，营业员就把他迎进柜台里，让他一本本看，一页页翻，新书看目录，老书看内容，如饥似渴，十分投入，最后总要买一两本赏心悦目的书带回家。

李老师读起书来，可以忘掉人世间一切事情，包括他的婚姻大事。李老师是独子，早就越过了男婚女嫁的年龄，母亲急得跺脚，告诉他不能再这样一生以书为伴，因为书永远给李家生产不出后代。母亲催促他，他说不急，要找就找一个在书店工作的妻子。

后来，书店的一个女人真的爱上了他，那女人想李老师如此爱书，如果他像爱书一样爱自己，那她就是世界上最幸福的人了。结婚前，母亲为他准备家具，他说什么家具都不重要，我只要十个大书柜。丢下这句话便带着新婚宴尔的妻子旅行结婚去了。其实，与其说是旅行结婚，还不如说是赴各大城市新华书店旅行购书。每到一座城市，李老师第一件事就是买张地图，认真查找书店的地理位置，接着便直奔书店，把新娘冷在一边。开始妻子忍气吞声，她一人在书店旁边的商店溜达。后来妻子受不住这新婚的孤独。有一次刚到上海，李老师又一头扎进书店，妻子赌气地一直往前走，再也不在旁边的商店等候他了，结果在南京路被人群冲散。当李老师兴冲冲地买了几本得意的书爱不释手地走出书店时，才发现妻子丢了。还算李老师多读了几年的书，在家出发前他就同妻子约定：在旅行途中，不管在哪座城市，无论在何时走散，不要互相寻找，以免失之交臂耗费时间，一律回旅社大本营"会师"。此时，李老师立马返回旅社，当看到妻子时，妻子真的坐在旅社的床上泣不成声。妻子说，你到底是要书还是要我，你干脆去与你的书度蜜月算了！做老师的毕竟反应敏捷："当初我是到书店看书才爱上你的，我们不能有了今天的结合而忘记了过去的'媒人',熊掌和鱼我都要兼得,你和书我都喜爱。再说你跟我进书店,了解一下大城市开放书架的经验和售书员的服务态度,不是一举两得吗?!"妻子终于破涕为笑。

李老师平时买书很讲究,他看中的书,要在书店的书架上从十几本甚至几十本中找出最整洁的一本,哪怕是封面上有一丝手污他都不要,在家看书前,也要把手洗得干干净净才端起书本。

李老师最忌讳的是别人来借书,借出的书不是弄脏就是破损,这比割自己的肉还难受。李老师以藏书数量多,书类齐全而著称,因此,借他书的人也多,但不管是谁,哪怕是亲朋好友,李老师都一视同仁地说,我可以借家里所有的东西给你,但书一本也不能外借,如果确实想看,你就坐在我家里看。有次,一位相邻十多年的好友硬是想借他书柜里一本走俏的书,他无奈几十年的感情,破例忍痛割爱借给了他。几天后,他看到还回的书封底被弄卷了一个角,心如刀绞,当朋友刚出门,他就把这本书同时扔出了门,第二天到书店重新买了一本崭新的放上书柜。然后用纸条写上:"私人藏书,概不外借,祖宗也不借!"贴在书柜上,自此,世界上再也没有一个人敢从他的书柜里拿走一本书。

李老师的书房犹如一个不大不小的图书馆,十个大书柜里收藏着一万二千八百本书。为了以便查阅,他曾参加了市图书馆举办的图书馆理论培训班,然后按图书馆学理论,依据国家标准编码分门别类,你只要报出书名,他可以在十秒钟之内把书找出来。

是年,学校要接受"两基"验收,其中一项指标是要求在校学生人均图书必须达到七册。学校学生多,但资金有限,远远够不上上级要求,校长心急如焚,决定在全校开展师生献爱心活动。

全校师生踊跃献书,就是看不见李老师的影子。其实,这也是大家意料之中的事,要想李老师献书不亚于要他身上的肉一样。离上级要验收的时间还有两天,学校仍然还差一万册书,眼瞪瞪地看到省重点中学的帽子要被摘掉,校长的精神几乎全线崩溃。

谁也没想到,李老师毅然推开了校长的办公室门。他向校长桌上丢上了两份申请:一份是决定向校方献上自己所有的藏书;一份是申请离开讲台当一名校图书馆的图书保管员。

第二天,学校召开师生大会,校长兴致勃勃地宣布两个决定:一是鉴于李老师捐献一万两千册私人藏书,学校决定发给荣誉证书;二是任命李老师为校图书馆馆长。

散会后,李老师和自己的十个大书柜里的书一起雄赳赳、气昂昂地挺进了校图书馆……

熟　悉

林深擅长小小说创作闻名全国而被挖到省城某大学中文系任教写作课。

大学住房紧,妻子又无法调动,林深被安排在筒子楼中暂住。

这栋筒子楼是单身汉、单身女、独身主义者或即将要结婚或即将要离婚者的聚集地。每一间小屋都有一个精彩的故事。

林深被分到一间不到 15 平方米的小房,房与房之间都可以看到隔壁人家的过道及窗口。

大学只提倡教研不提倡坐班，老师除了每周定期来系里开一个只有个把钟头的例会外，上完课就可以自处了。系与系之间也没多大联系，老师之间相互不怎么认识，即使是一个系的老师也只是在系里开例会时偶尔碰下面寒暄几句。

于是，林深在筒子楼住了一年也没弄清周围住着什么人，只是连估带猜。听到哪间房发出鬼哭狼嚎的声音估摸是住着音乐系的，路过门口看到房内支着画架肯定是美术系的，而穿着运动服进进出出跑动的无疑是体育系的。

林深过着一种深居简出的日子。

有天，都市晚报社慕名找到他，说为了提高报纸质量，特请他在晚报上开辟"林深小小说专栏"，每周定期发一篇小小说新作，并配合新作同时开设"阅读与欣赏"栏目，配发署名"佳薇"的评论文章。

佳薇每篇评论的篇幅当然不会超过林深的小小说，但篇篇言简意赅，分析透彻，很让林深佩服。

林深很想有机会同"佳薇"谋面。

不久，林深在房间过道上发现，隔壁窗口经常亮着一盏不灭的台灯，一位60多岁的女老教师伏案疾书。

林深不像其他作家喜欢挑灯夜战，他习惯上午看报，下午创作，晚上只看电视、睡觉，从不写一个字。晚上他睡了一觉上卫生间时，那盏台灯仍然亮着，这么大年纪是写教案还是写书呢？林深为女老教师的敬业感动。

后来，林深发现那盏台灯蛮有规律，每当自己创作完一篇小小说送到报社后，晚上那盏台灯就开始亮着。

再后来，林深发现住在隔壁这位女老教师原来是自己同一个系里的教授。

尽管老师之间都不相互串门，可他还是很想去拜访她，就一次吧，既是敬畏也是一种神秘感的驱使。

　　林深终于敲开了隔壁房间的门。

　　曾教授惊讶有来访者，礼节性的把林深请进了房间，房子结构大小都同林深的房间一模一样。没有多余凳子，林深干脆坐在了曾教授让出的平时伏案写作的椅子上。

　　倏地，林深发现桌上放着自己刚创作完送到晚报的小小说《熟悉》，旁边一篇还没完稿的评论文章《熟悉中的不熟悉》，署名恰恰是"佳薇"。

　　"你就是佳薇？"林深惊奇道。

　　"是啊！你……"

　　"我就是你每次评点的小小说的作者林深。"林深兴奋了。

　　"哦，这么巧啊！你的小小说写得很有质量，报社约我为你每篇新作做点评，我是在向你学习！"曾教授也兴奋起来。

　　他俩谈起小小说来一见如故。

　　后来，系里每周开会结束后，林深和曾教授就坐到一起谈起小小说。最后，他们索性轮流到对方房间聊，不仅谈小小说，还谈人生、工作和事业。渐渐地他俩成了一对无所不谈的好朋友。

　　忽然有一天，林深觉得小小说很难写下去了，因为曾教授太熟悉自己了，"佳薇"的评点一篇比一篇具体而尖锐，弄得林深犹如一个一丝不挂的裸体展现在读者面前；曾教授也感到自己的评论没有过去那么潇洒自如，林深就生活在她身边，她太熟悉了，熟悉了反而觉得不那么熟悉了，她完全没有对林深的感觉了。

　　一天，林深和曾教授不约而同来到报社，报社不得不应他俩的强烈要求同时撤掉了他们开设的"林深小小说"和"阅读与欣赏"两个专栏。

惊惶？惊愕？

这是一堂语文课。

课文是一篇微型小说。

微型小说里写的是在某堂语文课里，学生们发现语文老师讲课中出现了错误，都不敢作声，只是惊惶地望着老师，最后还是一位大胆的学生勇敢地提出来了。

讲台上的语文老师绘声绘色地朗读着这篇微型小说后，他记起在师范学院读书时，语文教学法老师着重强调，给学生分析课文首先要抓住文中的关键句子，关键句子中又要抓住最准确的字词。于是他滔滔不绝地讲述这篇微型小说在描写学生知道老师有错却不敢言的心理状况时，作者为什么要用惊惶而不能用其他的词，比如：惊愕。他说："这篇微型小说的一个重要特点是作者造句规范，用词准确。为何作者不用'惊愕'而用'惊惶'呢？我们不妨来分析一下这两个词的异同点。'惊惶'和'惊愕'都是形容词，它们有共同的语素'惊'，都可表示吃惊的意思，即由于突然来的刺激而精神紧张，但这两个词的主要差别在于意义的着重方面不同。'惊惶'着重在'惶'，表示心中恐惧不安，因而言行失常，不知怎么办才好；而'惊愕'着重于'愕'，表示失神、发呆，一瞬间停止了思想和行动似的。此外，在构词能力方面，'惊惶'可以构成成语'惊惶失措'、'惊惶不安'；'惊愕'则不能。"

学生们认真地听着，虔诚地做笔记。

老师越讲越带劲，极端兴奋："所以今后同学们写作文，一定要向本文作者学习，在遣词造句上狠下功夫，这样才能逐渐提高自己的作文水平。"

学生们像鸡啄米似地连连点头。

突然，一位学生举起了手。

"耿强同学有什么事，请讲。"老师停住了讲课。

耿强端着书站了起来，说："老师，这里不是用'惊惶'，而是应该用'惊愕'。"

"怎么，讲了一节课你还没听懂？"老师不太高兴地说。

"老师你讲错了。"

"我讲错了什么？"

"课文后面有个'勘误'。"

老师和同学们迅速翻到了课本的最后一页，当真有个勘误："因印刷错误，原文'惊惶'应为'惊愕'。特向作者和读者致歉！"

老师显得十分惊惶！

学生们则显得十分惊愕！

各得其所

省城某大学需在大学生中增开小小说写作课，急需找一名小小说创作高手来任教。在中学任教的陈老师课余专攻小小说20余载，300多篇佳作散发在全国各地的报刊上，是省里小小说的一面旗帜，在全国小小说领域里也占有一席之地。于是陈老师被作为小小说专家当之无愧"挖"到大学。

从县城到省城，从中学到大学，让许多人羡慕死了，陈老师自然也兴奋得几夜没睡着觉。

兴奋过后是陌生。大学教师无须坐班，上完课就可以自己安排了，很少有交流，即使是一个系里的也难得见上一面。

老婆没调过来，连个说话的人都没有，陈老师异常孤独。他常常思念着在县城工作的妻子，尤其是刚上大学的女儿。

陈老师多么渴望有个人陪陪自己，哪怕是聊聊天，也可解除心中的郁闷。

陈老师自小独子，父母视为掌上明珠，从没做过家务，自然也不会弄饭，只好天天到大学生食堂吃饭。

大学老师课少，闲得无事，于是他每天第一个到食堂吃饭，吃完饭也不愿走，习惯看着大学生们一个个离开食堂，他才最后离去。阴天，他第一个来食堂打开所有的灯，待学生们全部吃完饭食堂空无一人，他关了灯才离去；夏天，他第一个来食堂打开所有吊扇，待食堂工作人员要下班时，他关了电扇才离开。

陈老师每天都等待着三餐饭这个让他心动的唯一热闹时刻，看到进进出出的女大学生似乎就看到了在另一所大学读书的女儿也在吃饭，心里特爽！

有一天，陈老师发现有个女大学生很像自己的女儿，圆脸，高个，长发，肩上斜挎着一个背包。就连那走路的姿态、神情都没有两样。陈老师高兴极了。

终于有一天陈老师坐到了女大学生对面，无话找话。女大学生先是一愣，后来才知道陈老师是本校的老师，也就不介意了。

自此，陈老师每天吃饭就坐在食堂等那个女大学生。女大学生也很大方地同陈老师边吃饭边聊天。

他俩愈谈愈投机。

陈老师课少,每天在食堂吃完饭就等着那个女大学生,没见到女大学生来吃饭他决不离开食堂。

女大学生课多,下了课直奔食堂买了饭菜就到处寻找陈老师,陈老师不在身边她吃饭也不香。

陈老师在食堂没看到女大学生会有失落感;女大学生一天没看到陈老师会黯然失色。

陈老师像对待自己的女儿一样关心女大学生,同女大学生聊天犹如同自己的女儿谈话一样自然而亲切。

女大学生很喜欢同陈老师亲近,无所不谈。开始他们在食堂吃饭时面对面坐,后来女大学生主动到对面和陈老师并排坐。她想同陈老师亲近一些。

陈老师忽然感到女大学生对自己有些亲昵,如果事态发展了会很对不起她。陈老师看着食堂空无一人了,就对女大学生说:"你知道我为什么会这样对你吗?因为你特别像我女儿,同你在一起就像和我女儿在一起一样快乐!我很爱我的女儿,她和你是同一年考取大学的,我思念着女儿离开我去上大学的每一个日子。现在有了你在我身边,心里快乐了很多,谢谢!"

女大学生的泪水渐渐从眼眶中涌出:"陈老师,我一直没有告诉您,我父亲像您爱您的女儿一样疼爱着我,我考上了大学父亲比我不知道要高兴多少倍,执意要送我一起到大学报到,不幸却在途中遭遇车祸当场去世。我伤心至极,整天在大学里精神恍惚,无心读书,有时真想自杀到另一个世界里寻找父亲。我好爱我的父亲。可自从那天在食堂见到您,我发现您长得和我父亲酷似,言谈举止简直就是我父亲的翻版。这些日子您给了我生活的勇气,一下就改变了我的人生,让我学习生活都正常了,和您在一起就像和我父亲在一起一样亲切。我亲近您,是想在您身上重新获得一种逝去的父爱,我真的好感谢您,陈老师,呜……"

陈老师惊愕而快慰……

最后的选择

他俩结婚后过着比蜜还甜的生活。

不知哪一天,他和她突然感到日子并不再那么甜了。

他的心中有了新的"窈窕淑女",她的生活里闯进了另一个"白马王子"。他俩觉得到了该分手的时候了。

于是,他俩选择现代最文明的离婚方式——好聚好散,决定到野外度过最后一天浪漫的夫妻生活,然后分道扬镳,投向各自心上人的怀抱。

他和她来到郊外一片空旷的草地。他俩选择了一块草坪正欲席地而坐,却发现草坪里夹藏着几撮泥土。为了不至于弄脏裤子,他俩想另寻一个栖身之地。

他指向前方的一块草坪,说到那里去坐,她果真看到了一个绿茸茸的草团,犹如绿毡铺地,可是等他俩兴致勃勃地跑到那块草坪时,看到的却是草中更多的泥土。

她也指给远处的一块草坪叫他看:满园青翠,绿草如毡。但当他俩满怀希望地走到跟前时,看到的除了泥土还是碎石。

他又看到了一片绿莹莹的草坪,但等待他俩的仍然是失望。

她也看到了一片青幽幽的草坪,跑过去的结果更糟。

他和她都觉得新奇，又极为懊丧。

倏忽，他俩几乎同时发现有一团铺青叠翠的地方，便喜出望外地奔了过去。

他俩兴奋地正要坐下，却猛然愣住了：脚下的这块草坪正是他俩最初相恋时站着的那个地方！

他和她的目光同时射向对方，是谅解？还是悔恨？他俩像悟出了什么，终于坐在了最初他俩选择的草坪上，面对飘散着草的香浪，她俩紧紧依偎着，不想再离开这块草坪了……

月亮山的故事

家门口有座山，蛮高。许是月儿每晚从那山顶上升起，便取名为"月亮山"。

女儿开始懂事后，常要我讲故事。

我很欣慰，满肚子的故事毕竟有了归宿。

我把小时从大人嘴里听到的和大时在书本上看到的故事都无私地转让给了女儿。

后来，我的故事库存量与日俱减，远远不能满足女儿的要求了。

于是，我对着霞雾迷离的月亮山编起故事来。

当恰似姗姗出台的仙女般的月亮缓缓从山头上探露出来时，女儿就极虔诚地端好凳子。我给女儿讲月亮山的由来，讲月亮从月亮山上钻出的传说，讲山上有好多听话的小女孩……女儿听得如醉如痴,眼睛像天空的繁星不停地扑闪着,常常在我娓娓动听的讲述中倒在我怀中睡去。

后来,女儿上小学了。星期天她嚷着要带她上月亮山玩,我只好领着女儿爬上了山顶。

女儿以从未有过的兴奋不停地问我:月亮藏在哪里,听话的小女孩又在何方?

我只有对女儿说,天下的故事都是人编的。

假的? 女儿对着满山杂草丛生皱起了眉头。

下山的路上,女儿一语不发。许是累了,我想。到了晚上,苍山托出的月亮犹如一尘不染的水晶盘,挂于黑蓝色的天壁,纯粹是个月光的世界!

可女儿没要我讲故事。我想活跃女儿的情绪,主动给她讲一个关于月亮山的故事。不听! 原来故事都是假的! 一切都是假的! 女儿突然叫声使我愣住得也像一座山。

后来,我再也没有机会给女儿讲故事了。

我真后悔那天不该带她上月亮山,至少不该那么早。

阳台上的眼睛

雅丽每天都觉得好神气。

雅丽住在单位的单身宿舍的三层楼上,房门前有一个凸出的阳台,阳台上配有自来水池。

雅丽的宿舍对面有一栋别家工厂的宿舍楼,三层楼上住的是单身汉。雅丽的阳台与单身汉的阳台相距不过二十来米。

雅丽长得很俊，都市的生活把她出落成远近知名的美人儿，细嫩的皮肤里脉动着青春的浆液，酷似清晨含了露的鲜嫩嫩的出水芙蓉。雅丽感到自己进入了少女成熟时期，也是吸引异性的时期，因为她的美貌垄断了男人们的目光。

雅丽天天看到对面阳台上的单身汉们在打量自己，那发出的挨挨蹭蹭的目光，映着浓烈的兴趣和渴望。雅丽的心里有了一种异样。

雅丽清晨来到阳台上梳头，那乌黑飘逸的披肩长发撩得单身汉眼花缭乱，于是她故意用纤纤素手把黑发扰了又扰，头发甩得有姿有色，然后双手托着后脑，展示出少女的曲线美，犹如电视广告的女模特儿。

雅丽在水池旁漱口，对面阳台上会突然出现许多刷牙的单身汉。她知道那些人刷牙是假看她才是真，她获得了一种女性的满足，于是极力装出高雅，将拿牙刷手的无名指翘起，来回刷个不停，动作轻盈缓慢，白沫布满双唇，似乎那样可以保证整天口腔不臭，永远芳香诱人。

雅丽洗脸时，看到阳台上洗脸的男人们，为了看她竟忘了洗脸，有的想多看一眼，端着脸盆来水池两趟。她感到莫大的快慰，便将毛巾在脸上轻轻地抚摩，似乎重一点就会擦破她那弱不禁风的白嫩嫩的脸皮。

雅丽终于掂量出了自己的身价，不再用目光去看对面的单身汉了，面庞上挂着做作的清高和傲慢。

雅丽每天从眼睛里的余光知道单身汉仍然在欣赏她。雅丽抑制不住便借助各种动作瞥一眼对面的男人。

雅丽像往常一样，这天清晨又在阳台上频繁活动，做出她认为该做的各种姿势,神态妩媚,含情脉脉。雅丽凭往日的经验断定,对面阳台上的单身汉又在痴情地欣赏她。她抑制不住青春的冲动,借助用毛巾轻轻揩脸的一刹那,把眼睛投向了对面的阳台上。雅丽的一双眸子突然凝住了,失去了昔日的温柔和光泽,手上的洗脸巾重重地落进了水池里。

雅丽看到的是一个空荡荡的阳台!

小包的秘密

厂里分来了一名大学生,是女的,坐办公室做秘书。

这并不为奇。

惊奇的是她长得漂亮过人,漂亮得没有一个人敢同她亲近。且不说她爹妈把她的五官安排得恰如其分无懈可击,单那苗条的身段、高雅的举止就让人百看不厌。

只要她一出现,满身就停留着无数束目光,直到她那婀娜多姿的身影消逝,射线方被割断。

某天,不知是谁,发现她每天上下班都喜欢在肩上挎一个小包。

当真,那包很精致,粉红色的,纤细的挎带正好把小包吊在她的胯旁,与修长的腿连成一线,将苗条的身材拉得更颀长,给人以亭亭玉立之感。

迷人的女人所有东西也迷人,自然那小包同她人一样让人觉得神秘得捉摸不透。

于是,小包里装的什么东西,成了人们乐意猜测的话题。

"那包里放的是法国的梦幻型香水。"

"是美国的柔梦仙唇膏。"

"是日本的珠光眼影粉。"

"都猜得不对,那些高级化妆品哪能常带在身上? 我看是书,是大学生们才读得懂的书。"

"大学都毕业了还读啥书?! 女人嘛,到了生儿育女的时候了,弄不好那包里装的是男朋友的情书。"

"她告诉你有'主'了?! 别把她看得那么高贵,说不定包里只是些卫生纸……"

"哈……"

众多的猜疑使小包的神秘度日益增高。

人们对揭开小包的秘密怀着巨大的期盼!

这天终于盼到了。星期六她随科室人员下车间劳动,几个小青工抓住这久以盼望的良机,溜进她的办公室,迅速打开了她的小包。

原来包里是空的!

灯 光

夜班路过这里,她总要朝那个窗户望,希望被她称为"福楼拜窗口"有一天再射出银白色的灯光,但这希望之光像流星一般还没来得及划破长空,就消失了。她强忍住泪水,狠狠地咬着牙,似乎要咬碎那无边无际的悔恨、痛苦和悲哀。

两年前上夜班路过窗口，几片白纸飞落在她身上。她借着灯光拾起一看，原来是一部中篇小说的草稿，题目是《灯光》。作者的名字她曾多次在报刊上见过，她平时很喜欢读他的作品。他出来谢她。他的形象如同他的作品一样——深沉、浑厚、成熟。一星期后，他收到了她的一封信，她很快收到了他的回信，叫她来做《灯光》的第一位读者。他们第一次就谈得很不投机。她认为按照人物性格的发展，男主人公的结局应该是悲剧。他赞赏她的直爽，但丝毫不放弃已经形成的构思。不打不相识，他们终于相爱了。他提出了约会时间为两个"一"，即每个星期一见面一小时。于是，每次都是她寻着灯光来会他，来会那诱人的灯光。可他却坚持原则，时间从不延长，尽管她和他都有点依依不舍。但她理解作为一个作家，最宝贵的就是时间。法国著名小说家福楼拜的大部分作品就是在塞纳河畔一座别墅里的灯光下完成的。她打算嫁给他，就是期望在这个台灯下诞生她的福楼拜第二。他更爱她，不嫌弃她是工人。他没有陪过她散步，更没有请她上过馆子。一切为了《灯光》。有一次过生日，她要求不高，只买了两张电影票，也想尝尝与恋人一起手挽手步入影院的滋味。他说今天不是星期一，更何况看电影肯定要超过一小时。她第一次感到委屈。她要面子，发誓再也不去找他。他，《灯光》正写入高潮，压根儿没去多想。

他俩分手了，谁也没有想到。

忘却他确实太困难了，感情的压抑使她感到心灵的空虚，而唯一能使她滋润心灵的只有那能唤起记忆的灯光。见它，就像见到他，似乎有一种生理学无法解释的电磁波迅速地冲击她的心灵，使每根神经末梢麻痹而陷入一种如醉如痴的状态。

然而，那灯光时明时暗，暗的多，亮的少——她理解。

一年后，他与剧团一位千娇百媚的花旦结了婚。昏暗的红绿灯在窗口旋转，替代了过去银辉，软绵绵的音乐直刺她的耳膜，她路过一次，心就要碎一次。她找遍了他过去经常发表小说的刊物，目录中居然寻不出"灯光"二字。她深感内疚。

这天她照常上夜班，照常朝窗口望去。奇迹出现了：里面又射出那熟悉的银白色之光！她浑身"轰"的一下热了起来，像有一股强大的暖流猛然冲击她那长久冰冷的心。她疑惑、兴奋，像尊雕像愣在那里。晚班她迟到了两小时。

自此，银白色的灯光时有时无，亮的多，暗的少——她诧异。

原来他离婚了。

不久，她在刊物上发现了《灯光》，只是男主人公的结局从喜剧变成了悲剧——这曾是她的主张。

是夜，她拿着《灯光》朝那熟悉而又陌生的灯光款款走去，她要推翻自己过去的设想，让他将男主人公的悲剧改为喜剧。

求 医

他和他住在同一栋楼上。这栋楼上的人很少串门来往。

只有在上下班时偶尔碰个面，也似见非见一般，谁也不愿先理睬谁。

有一天，他病了，而且病得不轻。去市里几家医院医治均未见效。再有一天，他忽然想起住在上一层的他。凭他的鹤发童颜，凭他上下班的时常抱本大部头医学书,他断定他是医师,而且知名度极高。

在这个病人多医生少的城市里,医生对病人马虎自然不足为奇。但如果上楼去求他,肯定会因为同住一栋楼而替自己认真查找病因。可自己从未跟他打过招呼。既然过去没打招呼也就不好突然招呼了。有事就上门相求,不是显得太庸俗了吗?怎么办?他有点惶惶不可终日。

又过了几天,他从众多的方案中,运用严密的逻辑推理,优化出一条行之有效而又不失体面的法子:医生最懂在饮食上保养身体,如果我每天和医生吃一样的食物,一定会康复起来。于是,他每天早晨打开房门,等候医生买菜路过楼梯口。

他看清楚了,医生每天买的是一种极平常极便宜的东西。

于是他也上菜场买同样的菜,一连吃了半月。

半个月后的一天,他忽然精神抖擞,似乎年轻了许多,原来病好了。

无论如何要上楼谢谢医生,他想。

他终于敲响了医生的门。

他向医生说明了来意,并详细叙述了治病过程。那神情,真让人感到他是世界上最健康的人。

"我是兽医,天天买来的那玩意是给它吃的。"医生直爽地指着关在铁笼里的一只供试验用的小松鼠。

"啊?!"他又像大病一场,几乎要晕过去。

治　疗

　　县城有家中医院,蛮出名,出名就出在伤科采用药物熏疗法效果奇特。电炉上放一个锅,锅里放一些中草药,锅里的中药烧热沸腾后,患者把伤处放在锅上熏 20 分钟,一个月便可痊愈。显然,那锅里的祖传秘方草药是最神秘的。

　　于是,A、B、C、D 四人闻讯赶到,先后向医生诉说了自己的不幸。

　　A 是腰痛,平时行走难以直起腰,主要是打麻将过度而致。

　　B 是晚上下楼梯,突然接个手机,电话接住了,脚却踩了一个空。

　　C 在单位排球比赛中,扣球时致使手轻微骨折。

　　D 是晚上在家看恐怖片太紧张了,天又热,他打开窗户透口气,窗外一阵冷风吹来,把他的嘴吹歪了。迷信说法是遇到了鬼风,医生诊断为面部中风。

　　医生听了 A、B、C、D 四人的倾诉,说不急,只要你们每天坚持来我这里治疗,每次熏疗 20 分钟,一个月就可全部康复。

　　四人听了欣喜若狂,表示一定遵医严格接受治疗。

　　医院里只设了一个熏药位置,四人每天都要按先后到的时间依次等候。

　　县城很小,大家都相互认识,尽管 20 分钟不算长,但一人熏三人等,大家又觉得时间蛮长,最不自在的是坐在那里熏药的人,总想时间早点过,把位置让给下一个人。于是,他们四人都不约而同把医生要求的 20 分钟熏药时间压缩到 15 分钟,这样大伙心情舒服了许多。

一个月后,A、B、C、D 四人并未见伤势好转,就集体找到医生问个明白。

医生问你们四人每天都坚持来了吗?四人说没耽误一天,风雨无阻。医生又问每次坚持 20 分钟了吗?四人答没有,只熏了 15 分钟,医生说这怎么行! 20 分钟一分钟也不能少!

四人面面相觑。

医生说,从头来吧,再坚持治疗一个月。

为了治好病,A、B、C、D 只好听医生的,心想,早知今日,何必当初要那样互相谦让呢,现在花的时间更多。

四人商量,既然上个月每天少熏了 5 分钟,这个月每天就多熏 5 分钟,把过去的损失夺回来,不管谁先熏,都不要觉得自己占用时间长了,这些都是为了大家早点把病治好。

后来,他们每天每人坚持熏 25 分钟,不熏满时间,其他三人不让另一个人下来。

可是,一个月后,他们仍然不见伤势好转。于是他们又集体找到医生。

医生问你们四人每天都坚持来了吗?四人说都来了,雷打不动。医生又问每次坚持了 20 分钟吗?四人答何止呢!我们每次还多熏了 5 分钟。医生大叫,你们这是怎么回事? 有没有把我这个医生放在眼里,我这个做医生的说的话你们就是不听!

A、B、C、D 四人摸不着头脑。

医生说,锅里的药是我家祖宗五代遗传下来的秘方,配药要求精细,时间讲究准确,多熏一分钟少熏一分钟都是无效的! 少时间，药没吸收进去，时间长了，药中的各种成分相互抵消没有作用。

A、B、C、D 四人哭笑不得。他们痛定思痛，发誓重来。

第三个月，四个人互相监督，不让任何人误差一秒钟。

一个月后，A 的腰不痛，重返麻将台;B 行走疾步如飞;C 的手运用自如;D 的面部肌肉全部归位。他们四人只是百思不得其解:为什么一个月可以治好的病,却花上了三个月?

生命的旋律

癌症康复中心住院部的七楼平台上,苏雅痛苦极了,她缓缓地踱到边沿,做好了跳楼的一切准备。

苏雅患癌病住院已有一千多个日日夜夜，每天她同所有的病友一样重复着打针吃药的机械动作。她明白能治好癌病的医生至今还没出生,目睹着病友的尸体一具具从这里拖出,她想自己迟早会成为其中的一员,赖活不如早死,苏雅对生活完全绝望了。这些天,她经常独自一人来到平台上想了却一生。

突然一曲《生命的旋律》舞曲又在隔壁文艺学校校园上空响起。苏雅感觉一阵寒栗袭上心头,透过学校排练大厅的玻璃看到了一群少男少女的学生翩翩起舞,心境倏地活跃起来,她想起了林超,想起了和林超在歌舞团那段温馨的日子。

三年前，市歌舞团的苏雅和林超接受了参加省文艺调演的舞蹈《生命的旋律》排练任务。剧中讲述的是一段男主人公刻意追求一位患有绝症少女催人泪下的爱情故事。苏雅舞姿超群，林超技高一筹，在省文艺调演中力挫群雄，一举夺冠。当他俩站在颁奖台上接过金杯时，他俩同时也接过了对方的爱情，林超爱苏雅独特的舞蹈语言，苏雅喜欢林超美和力的淋漓袒露。正当他俩积极筹办婚事时，厄运降临到苏雅的身上——身患癌症。苏雅深爱林超，她不想连累林超，毅然终止了婚事，提出了与林超分手；林超更爱苏雅，他抱着苏雅窈窕的身躯苦苦哀求却无济于事，林超终于带着爱情的遗憾离开了苏雅……

此时，《生命的旋律》舞曲仍然在校园上空萦绕，苏雅爱恋林超，也热爱生活，她下意识地收回了伸出平台边沿的腿。

苏雅一边欣赏着《生命的旋律》，一边狐疑着：为何当自己几次轻生时，去年建起的这座文艺学校就及时响起《生命的旋律》舞曲，使自己重新燃烧起生命的火焰未能离开人世？

苏雅决定探个究竟。

苏雅走出住院部，推开了文艺学校校长办公室的门。

苏雅顿时惊呆了：迎接她的校长正是她日夜思念的林超！

原来，三年前林超无奈与苏雅含泪分手后，一直想用一种特殊的方式来重新唤起苏雅对生活的渴望，他奔赴南方，在一城市的中学里兼任舞蹈教师，晚上便到七八个歌舞厅串唱歌曲，他累得几乎趴下了，他只有一个信念：让苏雅勇敢地活下去！两年后他带着赚足的血汗钱特意在苏雅的癌病康复中心旁创办了一所民办文艺学校，让苏雅看到天真烂漫的舞蹈学生，触景生情联想自己在歌舞团的舞蹈生涯，增强生存的意志，当苏雅每次走到平台准备轻生时，林超便及时播放《生命的旋律》这支他俩共同获奖的舞曲……

苏雅泪流满面，林超潸然泪下，泪水将两人紧贴的面颊模糊一片。

第二天,苏雅成了这所学校的舞蹈老师。

为了参加全国的文艺调演,苏雅和林超潜心给学生排练《生命的旋律》舞蹈,经他俩精心修改的《生命的旋律》融进了现实生活中的生命奇迹……

面 子

X 是某县一名中学教师,课余专攻小小说多次获全国大奖。

Y 是某市电视台一位记者,已有多本个人小小说专集问世。

他俩是本省小小说界上的两面旗帜,虽然未谋一面,但一山不能藏两虎, 他们经常暗地里竞争:今天你在大型杂志上露个面,明天我在小小说选刊上显一手,因而始终分不出个高低。

有天,省青年报社副刊要招聘两名文字编辑,并着重强调擅长精短文章者优先。

X 看到招聘启事后喜出望外, 当编辑是自己一生的追求;Y 看到招聘启事后欣喜若狂,觉得招聘条件似乎是专为自己设的。

应聘大厅里挤满了百余人。X 和 Y 互相交换名片,才认识了站在面前的是多年的竞争对手。

X 说,你在小小说领域里独树一帜,这次招聘你一定成功;Y 说,你领导了小小说创作的新潮流,这次招聘非你莫属。

X 和 Y 经笔试、面试后,春风得意地返回各自的单位。

半个月过去了,X 等得好急,知道录取希望渺茫。

二十天过去了，Y盼得很苦，干脆死了这条心。

X想，自己没录取倒也罢，关键是录取了Y自己没面子！

Y想自己没录取并不重要，重要的是不能败在X手下！

一天，X突然看到省电视台仍在播送Y在本市写的新闻，心理得到了平衡；Y也同时惊奇地在省报看到X写的报道，心理得到了满足。

于是，他们不约而同地同一天给对方写了一封信。X说，看到你写给省电视台的新闻，知道你仍在市里，很为你感到委屈，而我早就接到了录取通知，只因报社无住房我决定放弃；Y说，看到你在省报发的有关本校的报道，知道你未被聘用，很为你遗憾，而我早就收到了聘用通知，只因妻子调动不了我只好放弃。

谁知发出信的第二天，X和Y同时收到了省青年报社的录取通知书。X喜形于色，庆幸人生有了转机；Y喜上眉梢，庆贺自己心想事成。

不知道Y录取没有？X倏地忧心忡忡。

不知道X录取没有？Y突然忧虑重重。

当X和Y同一天到报社上班时，他们才知道被录取的单单就是他俩！

X和Y见面后什么都没说。

连心锁

珊珊和莎莎

珊珊和莎莎是一对好朋友。

珊珊和莎莎都结了婚。

珊珊的丈夫结婚后考上了成人高校，说人活在世上总要有点事业。

莎莎的丈夫结婚后闯了海南，说人活在世上不能没有事业。

于是，珊珊和莎莎都独守空房。

珊珊觉得无聊就去寻莎莎。

莎莎耐不住寂寞就去找珊珊。

她俩在一起谈天说地，谈得更多的还是自己的丈夫。女人好虚荣。

珊珊向莎莎炫耀自己的丈夫，说尽管带工资上大学在省城过日子挺紧，家庭经济拮据，但学到的知识今后总会有用的。其实，珊珊觉得没趣，寄给丈夫的是钱，换来的只是满纸的感激之语。珊珊把怨言埋在心里。

莎莎对珊珊夸耀自己的丈夫，说尽管没有读什么书，但只要有经济头脑，照样腰缠万贯。其实，莎莎缺少精神上的慰藉，收到的只是丈夫的汇款单，很少有片言只语。莎莎把委屈藏在心底。

珊珊异常忧闷。

莎莎格外愁苦。

某天，珊珊、莎莎同时收到了丈夫的来信。

珊珊的丈夫说他已大学毕业去海南了，人不能光有知识没有金钱，我当年报考高校就是为了今日去海南赚大钱。珊珊看了十分诧异。

莎莎的丈夫说他已在海南上了成人高校，人不能只有金钱而永远没有知识，我当年去海南就是为了弄钱为今天上大学打好基础。莎莎看了极为惊讶。

后来珊珊收到的是丈夫的钱，她感到很富有；莎莎收到的是柔情蜜语，她觉得很满足。

虽然珊珊和莎莎仍然独守空房。

虽然她俩仍然在一起谈论自己的丈夫。

但是，珊珊和莎莎却成了一对真正的好朋友。

定 位

丽丽和芳芳在市百货大楼经营不同品牌的服饰，两个柜台紧挨着，按理同行是冤家，但丽丽卖男装，芳芳卖女装，没有销售上的竞争，所以她们成了一对好朋友。

站柜台是最辛苦的，不但要对不同的顾客宣传自己的衣服，还不能离开柜台，遇到什么急事或上卫生间，她们都相互照看着。

日子一长，感情深了，她们无话不说了。

丽丽对芳芳说，我男人没你男人有出息，只会天天到时候送饭我吃，不会出去挣钱，你家男人真好，在外面挣了大把大把的钱。

芳芳对丽丽说,你天天能同男人在一起,每天还有热腾腾的饭菜,多么幸福,我男人一年四季都在外,我吃的是不冷不热的盒饭,再多的钱我也不稀罕。

丽丽又说,男人不能天天窝在身边,应该去外闯闯,有钱的日子多好啊!

芳芳又说,男人不能天天在外面,这样没有家庭的温暖,这叫什么夫妻呀?!

她们各自说服不了对方。

她们只好各自去说服自己的男人。

丽丽对男人说,你以后不要给我做饭送饭了,我可以在楼下叫盒饭,你应该像芳芳的男人那样出外做生意,家里缺的是钱。

芳芳对男人说,你以后就不要再在外面跑了,钱永远是挣不完的,我很想过像丽丽那样有男人天天送热饭热菜的生活,我需要的是你的人。

丽丽的男人说,我不是做生意的料,我们能够这样安稳的生活该满足了。丽丽说你去外闯闯嘛,不试怎么知道自己不行呢?!

芳芳的男人说,让我还做两年,现在生意正跑火断掉太可惜。芳芳说不行,这种分离的生活好多年了,我受不了。

丽丽终于说服了男人,男人答应出门了。

芳芳终于说服了男人,男人答应回家了。

后来,丽丽经常笑眯眯地告诉芳芳,自己的男人在外面已经打开局面挣了不少的钱。

芳芳经常乐呵呵地告诉丽丽,吃着男人天天送来的热饭才感觉到了做女人的幸福。

突然有一天,丽丽得到了噩耗,男人在外遭遇车祸当场死亡。丽丽悲痛欲绝!

不久,芳芳也接到法院传票,男人要同她离婚,男人在天天送饭的途中爱上了一个美貌的女孩。离婚后芳芳痛不欲生!

丽丽和芳芳都没有了男人。

丽丽无心再站柜台。

芳芳没面子再卖衣服。

丽丽和芳芳不约而同都离开了柜台。

后来,丽丽和芳芳再也没有联系了。

得到的和失去的

她不幸落水,在水里拼命地呼喊。

岸上站满了无动于衷的围观者。

她感到绝望,紧闭双眼,等待死神的召唤。

等她睁开眼睛时,发现自己躺在医院的病床上,旁边还站着一个陌生的他。

他成了她的恩人。

她成了他的朋友。

有天,他提出同她建立比朋友更深层的恋爱关系。

她十分诧异,面前的他只是恩人而不是理想中的伴侣。

他看得出她不爱他,十分尴尬。

她知道他很爱她,极为矛盾。

俩人陷入了一种忧郁而凝重的情绪之中。

一个夕阳被山撞得血花飞溅的傍晚,她约他到野外散步。走了很久很久,她突然紧紧抱住了他。

于是不该发生的事发生了,只有秋虫在草丛中低语。

当月光从云层钻出,她对他说:"我们该分手了。你救了我的性命,理当得到回报,我只能用女人的贞操而不是爱情报答你,因为贞操是短暂的,爱情才是永恒的。"

他不由哆嗦一下,恍若在梦幻里飘忽。

她心里一片坦然,如释重负。她感到得到的比失去的更珍贵。

失去的和得到的

他和她同在一个工厂干车工。

不知是哪天,他提出要与她交朋友。她感觉他那人蛮好,欣然答应了。

于是他俩如同所有恋人一样轧马路、看电影、进舞厅……

天长日久,她逐渐感到他并不是自己想象中的"白马王子",便对他说不再同他交朋友。

他听了很懊丧,不小心被车床要去了一根指头。

即刻,全厂舆论哗然。

"当初他俩多好,如今残废了就不要人家!"

"现在的女青年没有一点道德观念!"

"……"

领导召她到办公室,同事上门规劝,但她始终坚守一条:决不同不爱的人终身为伴！

后来评优无人提名，调资也要等下一批。

她感觉到一种蜇痛。

某日，她毅然将自己的一个手指递进了飞旋的车床里。

他和她缺的是同一个手指。

人们的心里顿时获得了极大的平衡，再也没人谈起他俩的事。

她用肉体的痛苦换来了一切自由，她感到自己失去的远没有得到的珍贵。

她的心踏实而安然。

分　票

秘书小张接到分给局里的两张内部电影票，心里琢磨着，书记去外地开会了，这两张票当然是给两位正、副局长的。只是两张票的座位不在一起，一张是 16 排 1 号，一张是 26 排 1 号。按理 16 排是标准座位，应归王局长，26 排只能给周副局长了，但最近有可靠消息透露，王局长下个月要退居二线，由周副局长接任，并由周副局长重新组阁科室领导班子，全局上下都在议论此事，聪明的人已经把全部笑脸和殷勤从王局长身上转向了周副局长，这电影票我该怎么分呢？

以往小张分什么电影票、戏票，很得心应手，局长书记并排坐，副局长副书记紧挨着，若是遇到不在一起的票，好票给正职，差票给副职,从未出过差错。可今天情况特殊,王局长要退职,座号又单单不在一起,小张还是第一次碰到这样的大难题,他伤透了脑筋。

局长平日待自己不薄,把我这样一个普通的干部提拔为局办公室秘书,16排票给王局长才是正理,可眼下周副局长即将接任,千万得罪不得,大家都开始巴结周副局长了,我如不随波逐流,转移目标,今后周副局长会不会给我小鞋穿呢?不要说今后提个什么主任、科长,恐怕连秘书的位置也难保住。小张越想越害怕,越害怕就越不敢想。识时务者为俊杰!他终于昧着良心,把16排的票毕恭毕敬地送给了周副局长,而把26排的票丢给了王局长。

第二天上班,小张发现王局长仍然对自己依然如故,没有半点反感情绪,还时不时找小张寒暄几句,小张觉得怪了,但继而一想,这也许是王局长的大将风度,既然要退了,就要退得痛快,何必又得罪一个人呢?小张十分敬佩!小张感到周副局长也同样和往常一样给人一副冷若冰霜的面孔,小张一时想不通,后来才悟出了周副局长的厉害,人家刚给你点好处,你第二天就把感激之情反馈在脸,纯属小人见识,周副局长稳重、精灵,难怪让他接任局长哩!

一星期后,局里收到市委一个红头文件:因工作需要,王局长继续任职一届。小张和全局干部职工都吓得几天不敢在一起说话,后悔当初不该把笑脸和殷勤转移得太快。小张更是整天像丢了魂似的,坐立不安,闷闷不乐,他想秘书这把交椅或许坐不太久了。他恨死了那两张该死的不在一起的电影票。

一天,王局长召见小张,小张魂魄欲飞地踱进了局长室,吓得全身冒汗。他笔直地站在局长面前,不敢坐下,还是局长用手按住他的双肩,小张才敢把半边屁股放在沙发上,两眼却呆滞地望着地面:撤掉秘书职务的时候到了!

王局长笑着说:"小张啊!这些年你跟随着我可是真心诚意,像你这样忠诚于我的人全局就你一人。在局里传闻我要退居二线的那一段时间里,你一人旗帜鲜明,立场坚定地跟着我走。比如那次看内部电影,你仍然把好票分给我……"

"局长,我……"小张的嘴唇颤抖不停,他知道局长在说反话。

"小张,你别说了,人在关键时刻才分辨得出真伪,你从今天开始不要再做秘书了……"

果然不出我的所料。小张想。

"上星期我给上级打了报告,提拔你为副局长,今天批示下来了。"局长把红头批示递给了小张。小张接过批示愕然半晌,这是怎么回事?

第二天,小张上任副局长的第一件事就是以副局长的身份给电影院打了一个电话。经过询问,原来那天的内部电影是宽银幕的!

一张戏票

王教授刚从北京开完"全国首届关系学研究年会"返市,坐在回家的电车上仍在回味自己登上主席台领取论文二等奖证书的激动情景,突然,他从车窗里瞄见剧院门前一张引人注目的海报:"加拿大芭蕾舞团首次来市演出",心中一喜,顾不得回家,车门一开便冲下来疾步来到售票口。谁知道窗口上"三天全满"四个粗黑大字,像四根锐针戳破了鼓胀的气球,他的情绪猛地一落千丈。王教授从幼儿园开始就学跳芭蕾舞,上初中曾代表学校参加过全市文艺调演,高中毕业他顶着全班同学的嘲笑报考了中央芭蕾舞学院,因脚型先天不足没有如愿以偿,倒被一所全国有名的师范大学抢走了,后以高才生资格留校任教。不过,这丝毫没有影响王教授酷爱芭蕾舞的兴趣,只要有芭蕾舞演出,天大的事他都要放下,犹如足球迷不放过任何一场扣人心弦的足球赛一样。眼下国外正宗芭蕾舞送上门,本可一饱眼福,可⋯⋯

王教授正愁着,几个小青年凑上来:"要票吗?"

"要!多少钱?"王教授兴奋地把手伸进口袋。

"200块!"票贩子异口同声把王教授吓得差点没往后倒退二百步。

这价比原价高出三倍多,太损人了!他想起演出还有两天,天无绝人之路,便冲出了票贩子的重围。

上哪弄张戏票呢?王教授想起刚结束的年会上同仁们提出的种种关系学理论。教师两袖清风,但有的是学生,他闭目仰在沙发上,极力使每个学生都出现在大脑的记忆网膜上,终于在众多的桃李中选择了市教育局孙局长,那是王教授大学中的得意门生。

孙局长接到王教授的电话连声应诺。作为学生早知道老师的嗜好,该主动送票上门,现在老师找上门怎可怠慢。他立即拨个电话给中学时的老同学陈其,陈其有"半个父亲"在市委。

孙局长是自己为数不多的知己,这忙帮定了。陈其决计求助在市总工会担任主席的岳父大人。

为了女儿再高的要求也得满足,何况是一张芭蕾舞戏票,龚主席想起自己过去的部下——现在市人事局局长小郝。

郝局长接到电话不敢迟疑半刻,自己能混成今天这般模样全仗老上级的关照。他记起在师范大学任教的王教授,自己曾在王教授爱人的调动事上没设关卡,如今教授桃李满天下,又喜欢芭蕾舞,弄张戏票该是区区小事。

王教授自给孙局长拨出电话后,一直在等候学生的戏票,到了演出的最后一天,他几乎要绝望了,难怪教师地位一直提不高,连自己的学生都不卖账……忽然电话铃响,王教授赶忙抓住话筒,不料对方的来话再次使他像个泄了气的皮球。自己的戏票还未到手,郝局长又交给一个“重担”,这不是落井下石吗?! 但怎么也得满足郝局长这一要求,爱人的调动郝局长总算没刁难,也该了却这个人情。他咬了咬牙,赶到剧院门口买了一张 200 元的黑市票,并亲自给郝局长送去。

郝局长接票后以最快的速度送给老上级。

龚主席接票后以最快的速度拨电话让女婿来取。

陈其驾着摩托车飞速往孙局长家。

孙局长唤司机专程送票到王教授家。

王教授接到票时,离开场只差半小时,他拿着票直奔剧院,心中暗喜今日也尝到了当教师的甜头。当他进入大厅对号入座时,蓦地惊呆了:“五排八号!”这正是自己用 200 元钱买下送给郝局长的那张黑市票!

王教授无心欣赏台上精湛的表演。早知今日,不该当初。

《一张戏票》的关系学论文构思即刻在王教授脑中形成。他自信这篇论文一定会在下届全国关系学研究年会上获奖,而且肯定是一等奖!

飘落的邮票

　　我的同学李宝贵出生在一个偏僻的小村庄。家里经济不宽裕。为了他读中学，父母亲节衣缩食，花了很多钱。李宝贵不孚众望，考上了大学。大学的消费当然要比中学高的多。宝贵不好意思向家里再要钱了。同学们三五成群上馆子、贺生日，宝贵都找出各种理由推辞。他唯一的愿望就是盼望早日大学毕业参加工作，拿工资报答父母对自己的养育之恩。

　　某天，宝贵从收发室带回了一封信，拆开信封，倏地飘下一张邮票。

　　"怎么回事？"同寝室的人不约而同地围住了宝贵。

　　宝贵的脸红了。

　　原来是一位中学同学的回信。信中全是羡慕之词、敬佩之语和中学同窗的友情，只字没提邮票一事。

　　"这是啥意思，嫌我们宝贵穷！"

　　"挖苦人也不该用这种方式！"

　　"这是对我们大学生的蔑视。"

　　"宝贵，别再理这小子了！"我说。

　　宝贵把信撕得粉碎，再也没有同那位同学通信了。

　　这件事我早该忘了，碰巧我毕业后在单位碰上了同样一件事，使我又想起了那张邮票事件。

　　那天，我见坐在我对面的同事拆信时，信封里也飘落出一张邮票！如果说在大学里对寄邮票之类的事可以理解的话，那么对于拿工资的人来说，总不至于买不起一张邮票吧。

我迷惑不解地问起同事，这是为什么？

同事不理解我："信中夹张邮票是希望对方尽快回信，别无他意。"

我心里倏地一动，猛地想起我让宝贵与他那位寄邮票的同学断交的事。

下班后，我写了一封长信寄给外地工作的宝贵，告诉他刚学到的尽人皆知而我们却不懂的生活常识，并请宝贵立即去信与他那位同学消除误会，恢复友情。

可是，大学毕业已经整整十年了，我一直没有收到李宝贵同学的回信……

明天车票涨价

当火车票即将提价 50% 的消息在 H 城不胫而走时，H 城开往省会 C 城的列车载客量与日俱增。

这是涨价前的最后一趟车次。过道上站满了人，有的人连厕所的空间也不放过。似乎稍微动一下，车厢随时都有爆炸的可能。盛夏酷暑，汗气逼人，这情景使人很自然想起那"乘车不要票"的年月。

A 是一位崭露头角的业余青年作家，素不相识的编辑给他一连发了几个中篇，使他名声大振。这次他向单位告假，实现拜访

"伯乐"的多年夙愿。谁知上车时,眼镜挤落被人踩得粉碎。那眼镜是他用比车票多出两倍的价格买的,他好懊丧。

同女朋友分居两地的 B,每月约定和女朋友相聚一次,于是他俩轮流将人民币毫不吝惜地丢在铁路上。本月该 B 去女朋友那里,但 B 这次却比约定的时间提前了一个星期跳上火车,他想马上车票涨价,有来回涨价的钱可以为未来的新房添置一件小东西。不料待 B 到 G 城赶到女朋友单位时,等待他的是女朋友也抱着同样想法坐火车到 H 城找他去了。B 很失望,即刻跳上返回的列车赶回单位,同事又告诉他,他的女朋友也刚刚返回 G 城找他。B 上小学时的数学就经常不及格,这次他也无法计算他和女朋友的巨大损失,只是感到一阵蜇痛。

今年参加高考的 C,接到招办电话通知,他被 G 城一所大学录取,得知车票明天涨价,便提前赶往省城的亲戚家,让家里人接到通知书再寄给他。谁知,列车上的扒手同旅客的比例成正比,C 口袋中的 300 元钱连同身份证不翼而飞。C 的心里难过得像吞下了一只绿头苍蝇。

个体户 D 提前到 G 城批货。他站在过道,突然身后的一小伙子说挤坏了他挂在腰间的单放机。他正想解释自己压根儿就没碰,对方一双恶狼似的眼睛镇得他丧魂失魄,他顿时明白遇上了专干这种生意的,只好就范,按对方说的"进口价"赔上 250 元,恰好是火车票原价的十倍。当晚 A、B、C、D 想到白天发生的事直喊冤枉,夜难成眠。

其实,他们谁也没有料到,明天等待他们的是更残酷地现实:此次涨价只限于部分空调车次,H 城开往 G 城的车次不在此列。

一生不坐飞机

X 怕坐飞机是众所周知的。

X 常常对全校老师说，那么一个大铁东西在几千米高空悬着，又没有绳子拉着，只要一出机械故障或螺丝松动，飞机就会轻而易举地掉下来，这可不比汽车、火车，撞了也就缺胳膊少腿的，飞机要是掉下来，粉身碎骨连根头发都难找到。

老师们不同意 X 的观点，他们说世界上那么多人都不怕从飞机上掉下来，就你的命金贵？! X 理直气壮地说，别人我不管，我就是我！难道别人在飞机上遇难了也要我去重蹈覆辙吗？!老师们无言以答。

国家出台"五一"、"国庆"长假制度后，学校每年都要组织老师们出外旅游。旅行社经常安排"双飞"，X 每次都是提前一天坐火车先行到达目的地，然后到机场接大家。老师们安然无恙走下飞机神气十足对 X 说，后悔吧。X 说三生无悔！

X 最喜欢看电视里的新闻，尤为关注飞机出事的新闻，若遇上飞机掉下来，X 会以迅雷不及掩耳之势告诉全校教职工，并把当天报纸报道飞机出事的文章剪下来贴在自备的专用本子上，以此当作今后争论的证据。

不知什么时候，X 喜欢上了一个女孩，女孩也很欣赏 X。X 开始谈恋爱了。到了订婚的那天，女孩说什么订婚礼物都不要，只要求 X 陪她坐飞机，随便去一座城市飞一次就行了。X 听后吓得魂都飞了,对她说什么要求都可以答应,唯独不能坐飞机。女孩满脸不高兴:你说真心爱我,可你连陪我坐飞机都不敢,如果真要是出事也值得,我们不能同生可以同死呀!你看人家罗密欧与朱丽叶、梁山伯与祝英台、杰克与露丝多让人羡慕。你拉倒吧,拜拜!

X 始料未及。

X 交的第二个女友不仅漂亮,而且聪明过人,X 好喜欢。当他俩进入热恋时又恰逢国庆放长假,女友提出"双飞"西双版纳。天啊!单飞都会吓破胆还"双飞"?X 为了吸取上次"拜拜"的教训,不敢说不。X 想先答应下来,到了那天谎称买不到飞机票再动员女友改换交通工具。女友听到 X 这么爽快答应了感到十分诧异,一生不坐飞机的人怎么一下做出这样重大的决定呢?X 说这是因为我真心爱你。女友气愤地说,狗屁!你这么容易改变几十年根深蒂固的观点,以后也会轻易改变对我的爱!其实我也怕坐飞机,我是考验你,飞机多危险,掉下来了我们还能结婚吗?!你这不是存心不愿同我结为伴侣嘛!X 连忙吐真情说答应坐飞机是假,最后坐火车是真。女友愈加愤慨,婚前你就这样骗我,婚后呢?这样我更不喜欢你!便扬长而去。

后来,朋友为他介绍了第三个对象,可偏偏是空姐。与一个整天在天上飞的人为终身伴侣,那不天天都要吓破胆?但是那女孩的气质、容貌让 X 好几晚都没有睡着。X 想如能娶到这位空姐就是少活 10 年也值。空姐也很爱 X,她从小就发誓要找一位教师。没多久 X 和空姐就如胶似漆了。后来只要空姐哪天飞航班,X 比自己坐飞机都要紧张,整天神经绷得紧紧的,生怕有朝一日飞机会掉下来。

空姐航空公司"三八"搞活动,规定每位空姐可以带自己的亲属或男朋友坐飞机在空中免费游玩一天。X听后差点没吓掉半条命！可X想起前两次的恋爱失败教训，心想错过太阳不能错过月亮，错过了月亮再也不能错过星星。X这次真的不想再失去自己深爱的空姐。

那天，X带着一瓶安眠药跟着空姐心惊胆战地登上了飞机。X打算登机后就吃安眠药，让自己在睡眠中度过。X不敢一次性吃得太多，先吃上几片醒了再吃。可等X醒来时，女友早已趁X睡着时把安眠药丢进了卫生间。X看到飞机在云中忽上忽下，心跳急剧加快，全身出汗发抖，紧闭双眼，两拳紧握，心里不停地念着：只要飞机螺丝一松就会没命！可过了一会儿，X睁开眼看到别人有说有笑没有丝毫恐惧感，自己也就渐渐松弛下来了。

飞机终于平稳降落了，X第一个冲下飞机，返回身再认真地看一眼刚乘坐的飞机居然安然无恙稳稳地停在机场上。原来坐飞机也不过如此啊！没什么可怕的，X高兴地想着。

后来，X不再怕坐飞机了，但全校老师却没有一个人敢坐飞机了。

粉苹果，脆苹果

他生下来就喜欢吃苹果，与众不同的是他喜欢吃粉苹果，吃起来松软松软的那才叫人生。

妻子喜欢吃脆苹果，每次买苹果只好粉脆各半。脆苹果要比粉苹果贵得多，卖苹果的摊主经常以粉充脆，弄得妻子常常用脆

全民微阅读系列

苹果的价钱买了粉苹果,回家吃了大怒后又无可奈何,但却让他大饱一餐。

他爱吃粉苹果,经常可以吃到许多不花钱的苹果。单位来人接待,或开什么座谈会的,经常要买些水果之类的东西,遇到是粉苹果,大家都不爱吃,一股脑地推给他,他求之不得。

他在家什么家务事都不做,更不用说上街买苹果。

妻子终于出长差了,好久没有人买苹果给他吃了。

有一天,他想吃苹果想得流口水,实在忍不住,便毅然决定自己上街买苹果。

他来到一个水果摊上说买苹果,要粉的。摊主听了很惊讶:卖了十几年的苹果还从来没听说过喜欢粉苹果的? 摊主以为是开玩笑,说我这里的苹果都是好的,个个是脆的,没有一个粉的。他听后扭头就走。

他跑到第二家又说要买粉苹果,摊主觉得很蹊跷:这家伙肯定是想压我的苹果价,我有苹果就是不卖给你! 摊主不高兴地说,我这里都是脆苹果,没有粉的! 其实这里的苹果没有一个脆的。

他又来到第三家。摊主同样莫名其妙,心想自己平常就是将粉苹果充当脆苹果卖出去,骗了顾客不少钱,怎么让这位知道了? 他是不是来这儿找麻烦的? 摊主连声说,我这里没有粉苹果,也从来没卖过粉苹果!

他终于筋疲力尽地回到了家,躺在沙发上怎么也想不通:妻子能买到粉苹果,单位上的人能买到粉苹果,所有的人都买得到粉苹果,我怎么就买不到粉苹果呢?

一连十几天没吃苹果,他开始坐立不安,开始发吃苹果的瘾了。

于是他又上街买苹果，他知道自己买不到粉苹果，也懒得去多说，暂时能吃上脆苹果过了瘾就行了，待妻子出差回来再买粉苹果吃。

他又找到了一家水果店，摊主说你买我的苹果算是有眼力，虽然三块五一斤，但这是正宗的"红富士"，个个又脆又甜，绝对不骗你！

他听腻了这类的话。少啰唆！给我称上 5 斤就行了，他说。

他回家后急不可待地捧起苹果就吃，狼吞虎咽似的，越吃越有味，突然，他高兴得几乎要跳起来，兴奋的脸蛋红的像正在吃的苹果一样。

原来他吃的恰恰是他喜欢的粉苹果！

墙

C 君的家临街，确切地说家门距大街只有五米。

几年前，某机关打着"国家需要"的招牌，要在 C 君家右边一带建栋高楼，那些祖祖辈辈就在这块地盘上生息的市民，虽然十二分的不情愿，但个人服从国家，最终搬走了。又过几年，某公司以同样的招法夺得了 C 君家左边的地盘，许是此公司考虑到日后两栋高楼墙贴墙、窗对窗，既不通风又不方便，便留下了 C 君家没令搬迁，那些世世代代就居住在此地的市民只好依依不舍与 C 君惜别。于是两幢大厦拔地而起，高耸入云，把 C 君家夹在中缝里。

起初,C君很为自己是唯一的幸存者而幸灾乐祸。C君家门前的这条街是全市最繁华的大道，前是百货大楼，后是贸易市场,左是图书馆,右是影剧院,干啥事都极为方便,连市长家都不曾享有如此好的宝地。可后来C君犯愁了:来往穿梭的行人走到他家门前都要扭头朝屋里张望。非怪,左右都是几十米长的枯燥围墙,突然冒出个缺口,自然吸引住人们的目光。C君家是祖宗的祖宗留下的一间小屋，一家七口人全到齐连转个身都要屁股蹭屁股,于是吃饭、洗衣、纳凉、聊天统统活动于门前。尽管匆匆行人的目光漫不经心,但望得C君家个个很有点那个,做啥事都别扭。有次C君坐在门前认真地数了一回,一百个过路人就有半百人朝里望,弄得C君烦躁不安。

C君想长此以往会影响全家人的身心健康，便不惜血本,花一个多月的工资买回一车砖,找了几个曾做过泥工的哥儿们,在自家门前砌起了一堵墙,与两单位的围墙连成一线,只是在墙中央开一扇小门。C君家便有了一个安逸的门前小院,这很使C君高兴得手舞足蹈了一阵。

可好景不长,C君发现砌墙后往门里望的人更多，似乎人人都在望,C君又坐在门前认真地数了一次，望门率竟高达百分之百,使得C君全家人更是有点那个,干啥事都是尴尬不已。这究竟是怎么回事呢! C君很纳闷。

后来,C君以一家之长给全家人订了条家规:谁进出都务必把门带上。这方法很奏效,大家获得了一种安全感。

但时间一长,全家人又冒出了后顾之忧,联名向C君提出抗议:长久关门如蹲监狱会憋出病,要开放! C君颇有同感,于是咬了咬牙,毅然拆掉刚砌起的围墙,恢复原状。

自此,C君顿时感到朝自家望的人少了许多，他再次坐在家门前认真地数了一回，一百个人中只有半百人朝里望，C 君心里觉得好受了好多。

猜广告

屏幕：裁判两声长哨，足球比赛上半场结束。

电视机前的球迷无一人舍席，唯恐错过下半场哪怕是一个镜头的比赛。

屏幕：各种广告接踵而来。

观众看得无聊，为打发时光，有人提议最先猜中广告内容者为最佳观众。

屏幕：穿足球鞋的腿在风驰电掣地奔跑。

观众一："这是在做鞋子的广告！"

屏幕：腿上是红白相间的足球袜。

观众二："是做袜子的广告。"

屏幕：腿盘带着足球。

观众三："是兜售足球！"

屏幕：运动员上衣印有"中国"字样。

观众四："在宣传球衫！"

屏幕：洗衣机里滚动着那件上衣。

观众五："原来是推销洗衣机呀！"

屏幕：洗衣粉纷纷掉进洗衣机。

观众六："我猜中了，是洗衣粉！"

屏幕:(特写镜头)洗衣机上一个螺帽。

画外音:"坚钢!坚钢!坚钢牌螺帽获省优质产品奖,广泛适用于各种家用电器……"

众哑然失色,面面相觑……

屏幕:下半场比赛开始。

路

　　不知是楼下人们上船的吵闹声,还是有一种不好的预兆,一个美梦没做完就醒了.我首先想到他,想到今天我们将要……我赶紧跳下了床,吞了几口面条,然后脱下短袖睡衣,套上我最喜爱的镶有金边的银白色连衣裙。他曾说我身材窈窕,我用劲把腰带系紧一些,还要让它再苗条一点;他曾说我全身散发着少女的芳香,我拿起花露水倒了一脖子,让香气沁到他心里。昨天他约我,今天是星期天乘船到没被水淹的郊外去玩,可现在怎么还不来?

　　我走到窗前,双手托着下巴,焦急地注视着他来的方向.望着前面漂来的竹排破水而进,我的思绪随着波光粼粼的闪动,不由想起了认识他的那一天……

　　自上月涨水以来,县城街道大部分路面淹了一米多深,人们买菜,上班都得乘临时增设的小船。那是上晚班的第二天下午,我被楼下小孩"水接头罗!"的嬉闹声吵醒,原来是街道马路东西两边的水合拢了,整个街道都被水淹没了。今天上班非乘船不可，我下楼等了半个钟头，一只船影都不见，眼看就要迟到，忽然前面游来了一个竹排，上面的小伙子慢悠悠地撑着，我真想叫住竹排，可他是男的，没想到他却开了口"到前面去吗？上来吧!"我喜出望外，抓住这难得的机会上了竹排，我谢他，他说没必要，还主动介绍说，他在读大学，趁暑假来撑排方便群众，他还说不像那些渔民，摇船送一人要收两毛钱，我学雷锋为人民服务分文不取，临别时，他说以后天天送我上班。事后他果真每天提前一小时到，在我家闲谈后便送我上班。有一次他突然说我漂亮，非常爱我，说得我心里甜蜜蜜的。我喜欢他有知识，特别是助人为乐的精神，况且当今社会上不少的女青年不都是以自己谈了一个大学生而引以为自豪吗?! 我这从未尝过恋爱滋味的少女，第一次选择了这条爱情之路……

哎！他来了，站在船头向我招手。我飞下楼梯，跳上了船。

"对不起，我等船耽误了时间，能原谅吗？"他当着众人的面大声说，羞得我低下了头。

"你看!"他指着网兜里的面包、西瓜、橘子水。

我给他一个甜甜的微笑，便看船夫摇桨。这位六十多岁的老人竭尽全力运载着十多个人，这钱真难挣啊！

船靠岸了，乘客都感谢地递给老人两毛钱。他却忽然拉住我拨开人群，上岸便走。我正要问他怎么不给钱，后面已响起老人的叫喊："哎！两位年轻人，给钱没有？"

"我去给。"我急忙掏钱。

他一把抓住我的手说："别去！不给也一样，我混过多次。"随即又转身朝老人顺道："叫什么?! 等钱吃药呀？再喊，我把你的船都推翻掉！"

"你!"我诧异地盯着他，好像从来不认识他似的。不！应该是真正认识他了。我不知哪来的力,挣脱他的手奔向船夫,给了六毛钱,跨上了掉转头的船。

"对不起。"我向老人致歉。

"没事,我这钱也是支援抗洪救灾的。"老人边摇桨边说,"我退休一年多了,这次全县受淹,我向民政局申请了一条船,把我当年为解放军渡鄱阳湖的撑船本事拿出来,赚点钱送给救灾委员会,尽点余年之力啊。"

哦,原来是这样,我敬佩地看着老人:身体微微前倾,两臂划动船桨是那样的矫健、有力。这可敬的老人一直保持着革命的气节,行进在革命的道路上。刚才的他呢? 走得又是什么路? 我回头狠狠地望过去:他孤独地站在岸边,渐渐化成一个极其渺小的小黑点……

翌晨,楼下街道上的水又分成东西两半。但愿它是永久的分离,因为我再也不想乘竹排了,而要亲自走没有被水淹没的真正的路。

井

日本兵来到高坡村的第一件事就是强迫老百姓打井。

高坡村因处高坡而得名。村地下长年枯水,全村几十户人家全靠一口井为生。此井冒水极少。村民们除了能捞上点饮用的水外,一年难得用水洗几个澡。每逢盛夏酷暑,天旱地裂,连吃的水都难以供给,而日本兵来到高坡村驻扎恰逢夏季,那口井就更不管用了。

于是日本兵用枪押着村民再挖口井。山田佐一叉开腿，拔出腰刀对全村人吼道："打出水大大的有赏，打不出水的死啦死啦的！"

高坡村的祖辈们在高坡上打了几十年的井，未曾有过一滴水的报应，几代人的夙愿今日实现又谈何容易。村民在日本兵的刺刀下，挖得皮裂手肿，仍然是黄土朝天，山田佐一见状，命令士兵用刺刀把挖井的壮汉一个个挑进了井里，霎时井里一层血水，惨不忍睹。

日本兵又选出十名村民继续挖井。大家清楚挖是死，不挖也是亡，便天天混工，只有高狗富一人不吭声地忘命地挖。大伙骂他专替日本人卖命没出息，你高狗富死要死的有志气！高狗富却像没听见一样。

许是狗富的名字里沾了一个"福"字，挖到一个月零九天，奇迹出现了！井里突然水丝直涌，一袋烟功夫井水便升过了半个腰。山田佐一喜形于色，一边摸着山羊胡子，一边丢给狗富和挖井村民每人两块银圆。

后来日本人每天派两位士兵护井，不让村民们用水，弄得村民们直骂"畜生！"

不日，高狗富突然做起了卖烟卷的生意。

一天傍晚，高狗富背着香烟架来到井旁，给两位看井的日本兵送上一盒烟，乐得两鬼子拍着狗富肩膀直喊："你的良心大大的好！"

翌日，村民们看到太阳老高却不见鬼子的影子，胆大的便钻进炮楼一看，日本鬼子全部直挺挺地躺在炮楼里，山田佐一赤裸裸地死在浴盆里。

消息传开，村民们欢呼雀跃，来不及查问日本兵的死因，挑着水桶直往井口奔去。

高狗富早已守候在井旁："乡亲们，这井水不能用了！"

挑着水桶的村民，个个愣成"巾"字形。

高狗富振振有词地说："我高狗富当初卖命就是为了今天。挖不出水大家都要死，所以我拼命地挖，然后拿鬼子给的银圆到县里买了砒霜和香烟。昨天我乘给日本兵送烟的机会，把装有砒霜的烟盒偷偷地扔进了井里。"

"狗富好样的！"村民们异口同声，水桶碰得直响。

"乡亲们，日本鬼子在井下埋下了我们许多同胞，今天我们要报仇雪恨，把鬼子也埋在这里！"

大伙连声叫好，用扁担一头钩一具日本兵尸体，从炮楼里拖出，狠狠地扔进了井里。

自此，高坡村的村民们还是饮用他们祖宗留下的那口井水。

全民微阅读系列

夙　愿

"陈铜一要从台湾回来"这一消息已够让村民们欢呼雀跃了，"还是带来一笔财产"，更是把这绿树掩映的村庄折腾得沸沸扬扬。

上了年纪的人都记得，一九四九年的那天，不满二十岁的陈铜一在田间劳动，突然被一群兵抓住当挑夫去了台湾。这一去四十多年杳无音讯，全村人无时不在惦念着他。前些日子，乡亲们从电视上看到大批台湾同胞回大陆探亲观光的情景，巴不得屏幕里的台胞就是铜一。没想到这天来得如此之快。

全村男女老少常常围坐一团等待着那一天，大家描绘着、猜测着，渐渐地议论集中到那笔财产了：

"铜一先生这次回来，铜一家可要富得流油了。"一后生打趣地说。

"他一定不会忘记我们全村人的。我听别人说，有不少台胞回到家乡给亲戚送钱送礼。"有人补充道。

"说心里话，钱不钱不在乎，咱们村这几年不是变化很大吗?! "

"就是，水库有了，电线拉了，家家有了电视，户户盖了新房! "

"哪家没有个四位数的存款?! 啥也不缺。"

"我们要的是铜一的人，要的是他赤子之心。"

"对! "村民们异口同声。……

这天终于盼到了! 大家张灯结彩，做豆粑设宴把铜一迎进了村里。谁知铜一屁股没粘凳，提起一把锄头，把村民们吆喝到了他家的地里。

"我铜一虽然离别家乡四十二个年头了，可我时刻都在思念着家人和大伙，做梦都想着国家统一，全家团聚。这次回来我没有带上其他东西，唯一的就是带了这个水壶盖。在台湾，每当我看到它，就想起父老乡亲，想起祖国……"陈铜一激动的脸上泛出一层紫红，呼吸也越来越紧。

村民望着壶盖面面相觑，或疑惑，或茫然。

铜一接着说："大家记得吗?那年兵荒马乱，我抓去的那天不是在田间劳动，而是受老爹的委托将一个紫砂壶埋在这块地里。有人来抓我时，只埋好了壶身，我急中生智，将壶盖塞进了口袋里带到了台湾。"

陈铜一把锄头丢给了一后生，在他指定的地点果然挖出了一个紫砂壶！

陈铜一老爹用颤动的袖口轻轻抹掉壶上的泥土："这是把在明朝就异常珍贵的'贡春'壶，是我家祖祖辈辈留下来的，现在全国不知还剩下几把，它的价值在几百万以上。大家好好看看，这沙质多细腻！壶底还有当时名匠留下的指纹呢！"

大家霎时敛声屏气，传看着紫砂壶。单那造型，大巧若拙，让人百看不厌。

"爹多次来信对我说，要把壶盖捎回去捐献给政府。我想爹说得对，它是祖国的文物，再说壶盖也不能与壶身永久分离呀！过去一直没机会，今天终于实现了这几十年来的夙愿。"铜一边说边将壶盖郑重地盖在壶口上。

倏地，一个完美无缺的紫砂壶呈现在村民们眼前，闪烁着金灿灿的光亮，给人以无限美好的遐想……

村民们簇拥着捧着紫砂壶的陈铜一父子俩，朝乡政府走去……

中国心

魏河背着摄像机终于踏上了阔别四十多年的大陆，他这次从台湾到九江的唯一愿望，就是要用摄像机摄下"93'炎黄杯'世界华侨华人龙舟系列赛"中表现出的"龙"的精神。谁料,途中他那个专装摄像机的提包突然坏了:拉链犹如两根永远延伸的轨道,合不拢口。他只好重买一个。

魏河走了十二家商店都未能如愿,不是商店没有这种类型的提包卖,便是摄像机提包的样式或色调不合意。要买就买个称心如意的,也好带回台湾作个永久的纪念,他想。

魏河仍然充满信心地朝前走着,努力寻觅着。突然,他在一家商店门口站住了,柜台上方挂着许多格外惹人注目的摄像机提包,原来这是一家专卖各式各样提包的个体商店。

被定格的魏河此时又像电影中的快速画面一样,欣然冲了进去:红、橙、黄、绿、青、蓝、紫,七色俱全;提包、挎包、背包、腰包、书包,应有尽有,仿佛置身于一个五彩缤纷的世界。他的眼睛在琳琅满目的摄像机提包中不停地扫射。倏地,他瞄准了一个款式精美、色调柔和、尺寸适当的提包,妙极了! 好像是哪家工厂专为自己特意设计的。他迅速掏钱,可突然又将口袋里的手缩了回来,眼睛直盯在提包上印着的众多国家的国旗图案上。他的眼神十分专注,给人一种苦涩凝重的感觉。良久,他才启动那微微发紫的嘴唇:"小姐,这提包上印着许多国家国旗,怎么就没有一面我们中华人民共和国自己的国旗?"

服务员看着包说:"这种进口包买来就是这样,不管我的事。"

"不管你的事?!亏你还是中国人!"魏河猛地大吼一声,满头银发"唰"地立了起来。

"这……"服务员面红耳赤。

"这包不要了! "魏河愤怒地将提包一扔,扬长而去。

没等服务员抬起疑惑的面庞,魏河又折回了商店:"请问这种包你们有多少个？”

“五百个。”

“这包我全要了！”魏河付钱后，叫辆出租车拉走了提包，却给服务员丢下了一个难解的谜。

第二天一早，该市市民们在垃圾箱里发现了五百个被烧毁的摄像机提包残骸……

位　置

某单位篮球队来校举办友谊赛喜坏了学生们，却忙坏了工会干事小王。他把长椅短凳搬到操场上，排得整整齐齐的。

大家都坐定了，还空着一个位置，工会主席就拉小王坐下。小王从未坐过主席台，有点受宠若惊。

比赛开始了，场上哨声喝彩声不断。小王突然发现 A 校长出差回来了，正一边歪着头看球，一边朝他这儿走来。小王想，主席台上已经没有空位了，理应我让座。小王即刻起身让校长入座。校长也不谦让，坐下后就看入了迷。

小王站着看球。

不一刻，有人找 B 副书记有事，B 副书记起身跟那人走了，位置空着。工会主席又拉小王坐。小王犹豫了一下，还是坐了。小王一边看球一边捶腰，他忙累了，但精神好像很好。因为场上出现成功救球的精彩场面。这时，突然听到背后有人喊他，他掉头一看，原来是 B 副书记回来了，而且脸色有些不好看。小王吓出一。身冷汗,连忙让座,继续站着看球。

上半场战成平局,下半场争夺更加紧张。大家只顾着看球赛,没有议论什么。小王心里有些慌,两腿也有些麻木了……

恰好,打铃的老凌来喊工会主席接电话。主席刚走,小王见缝插针地落座在主席位置上。不是说小王累了非要坐不可,主要是站在主席台上,被众多学生看着有些难为情。可是屁股还没坐热,主席便返回来了,拍了拍小王的肩膀,小王站起来让座,主席又拍了拍小王的肩膀,意思不明,也不知谢谢他难为他还是其他什么的。反正小王只能站着。

小王又站着看球赛,心里只觉得苦……

"王老师,您请坐吧!"

小王往后一看,是一位学生将一只小板凳塞到他屁股下。他望着学生真诚的目光,一股暖意涌上心头,他连声说:"谢谢!"他不想坐但还是坐下了,因为他猛然意识到这才是自己真正的位置哟……

目 光

她报到上班的那天,正赶上厂里开全体职工大会,她便随着人流走进了会场。

开始她心里有些发怵,毕竟是第一次参加工作,毕竟都是陌生的面孔。

她选了个不引人注意的位置坐下,但她还是发现人们都在打量着自己，并流露出羡慕的神色。她想起过去待业无聊逛街时，逛街的行人也是这样欣赏自己的红唇黛眉，出够了风头，于是心境蓦地活跃起来。她故意挺起高突的胸脯，耸起两座诱人的乳峰，以充分显示少女的魅力。

无数束射线在她这个角落聚成一个交点，她感到身上爬满了目光。

一个看上去很不安分的小青年盯着她，嘴里吹着烟圈。啥德行！我这辈子最讨厌的就是男人的烟味，趁早收起你那份心事，她想。

对面一个老工人也在朝自己瞧，时不时将憨厚的眼光迅速移开。同老伴吵嘴还是想另觅新欢？五十多岁的人还有啥想头，无论如何你也休想娶上我这样相貌出众的黄花闺女呀！除非你是香港的大老板。

嘿！你这个老大嫂也直勾勾看我，为儿子相媳妇？没门！

你更别看了。你虽然和我一般年轻，可没我漂亮。妒忌么？没法呀，怨你妈没赐给你一个好脸蛋，她想着，越觉得轻飘起来。

倏忽，她发现人圈中有个"眼镜"，那镜片后面的眼睛也在愣愣地看着自己。一定是大学毕业的，至少是个"助工"。年轻、美貌、标致的男子汉！她思忖着，脸似乎红起来了，不好意思地把脸掉过去。

只有他才配得上我，她悄然地又把脸转回来：他望着自己目不转睛，难怪常言道：英雄难过美人关，你知识再丰富也有七情六欲。她的心跳得更厉害，把大胆的眼神羞怯地射向别处去。

她感到很不自在，失控地再次朝他望去，她看到了他的眼神眯成一线瞄着自己。她听人说过，近视眼在镜片度数不足的情况下都是采取紧眯双眼的方式才能看清目标。他肯定动心了。

全民微阅读系列

她很自信地想着。

我不能再望他，应该做出严峻的姿态，否则会使自己"掉价"，她很不情愿地把绯红的脸转了过去。

稍许，会场响起了打鼾声，从弱到强，乃至铺天盖地。

整个会场蓦地安静下来。

她顺着人们的目光寻到了打鼾人，那人正是"眼镜"。

这回她的脸真的红了，很红很红。

退　稿

不知是什么时候，在什么地方，听什么人说过，我国还未产生专写小小说的作家，于是他决定要为争做我国第一个这样的作家而努力拼搏。一个月中，他一连写了八篇小小说，全都寄给了一家全国颇有名气的刊物。寄出后不到一个月，他先后收到了退回来的八篇小小说和八封退稿信。他把退稿信一张张打开，力图从其中找出失败的原因。

第一篇："立意好，但文字基础差。"

第二篇："语言流畅，但结构松散。"

第三篇："结构严谨，但人物形象单薄。"

第四篇："人物形象饱满，但情节过于牵强。"

第五篇："情节可信，但构思较平。"

第六篇："构思新颖，但无人物个性。"

第七篇："人物很有个性，但主题不突出。"

第八篇："主题鲜明,但立意错误。"

他对着八封退稿信,逐字逐句地品尝着。突然,他灵感一来,何不把这八篇小小说合为一篇,集全部之精华,作为短篇小说发表呢?做不成小小说作家,能朝短篇小说发展也不错。他毅然提起了笔:"编辑同志,现将八篇小小说合为一篇短篇小说,该是'立意好,语言流畅,结构严谨,人物形象饱满,情节可信,构思新颖,人物很有个性,主题鲜明吧?'"

一星期后,他很快收到了编辑厚厚的一封信,里面除八篇小小说外,还有一张附言:"大作文字基础差,结构松散,人物形象单薄,情节过于牵强,构思较平,无人物个性,主题不突出,立意错误,不用。"

送　行

王宝望着车站"今日车票已售完"的告示,心里忐忑不安。是回去明天再来,还是就地找个旅社住一晚,他拿不定主意。

自上个月王宝接到了某重点大学的录取通知书,整个村庄像爆炸了似的。村里人奔走相告,以最快的速度传递王家这千载难逢的重大喜讯。

全村所有的男女老幼和外村沾亲带点故的都赶来贺喜,似乎要从王宝身上寻出自己的一丝光彩。王宝整天礼节性地应酬,陪着大伙硬坐,那特意买来的十条大前门烟和二十斤硬糖没几天就荡然无存。大伙儿一双双羡慕的眼光射得他好不自在。夸王宝"八字好"、"有福气"的吉利话可以用谷箩来挑。

终于盼到了启程的日子。

今天一早，全村人像商量好了似的全部涌来为他送行。有送被子脸盆的，有的送新打的糍粑，还有的干脆塞红纸包。王宝在众目睽睽之下吞着母亲为自己饯行煮的四个荷包蛋。从小就被父母指腹为婚的菊花忙不迭地帮王宝打装行李，趁里屋没人，菊花再三嘱咐王宝到大学后要快来信，王宝望着那双担心自己到了城里就忘了她的水汪汪眼睛，就势把她吻得喘不过气来。

汽车不到半个小时就把王宝送到了县里，只要再坐渡船到对岸搭上汽车就可直奔省城。王宝望着一个月来疲惫不堪的父亲和菊花，说什么也不让他们再往前送了。

王宝下了渡船却傻了眼，今天去省城的车票昨天就售完了。回村明天再来，时间充足又极方便，但如何对乡亲们说呢？大伙今天像送祖宗一样把你送出了村，难道明天又要大家送一回？又要接受老人的千叮咛万嘱咐？又要吻一下菊花让她放心？又要母亲煮四个蛋？又要村民买爆竹放礼炮？又要父亲、菊花再次送到县府……那送行的壮观场面凝聚了山里人多少年来成功的喜悦，再现一次便失去了原来的意义。

宁可自己吃苦，也不能回村折腾父老乡亲，那样会亵渎种田人淳朴的感情，扫大伙的兴。王宝想着，下决心走进了旅社。

这是一家私人旅社，条件差得不能再差，翻个身那黏糊糊的凉席便贴着身子卷起，生长在河畔又大又狠的蚊子，在没有蚊帐的床前飞来窜去，肆无忌惮地攻击"猎物"，王宝痛苦地度过了一生中最难熬的一夜。然而，他十分痛快，他摆脱了沉重得如同葬礼般的送行。

老 乡

连一支烟都抽不完便能走完整条街的 X 县小得不能再小。去过市里公园玩的小孩回家说，公园比县城还要大；在京城读书回家度假的大学生说县城比大学校园还要小。

凡在县城生活了一年半载的人，早把街头小巷背得滚瓜烂熟，就连哪个地方住着什么人都一清二楚，谁家发生了什么大事半小时便传遍全县城。没有谁走在街上不同七、八个人打招呼，经常是几个熟人迎面而来，令你频频点头，招架不住。

小吴和小季就在这座县城里土生土长了三十年。

小吴住在东边，单位在西头；小季家在西边，单位在东头。他们每天上下班都要在唯一的一条街上不期而遇。

开始他们相遇免不了互相寒暄几句，在这个小县城里谁不认识谁！？何况他们儿时还做过几年邻居，只是长大成人后才各奔东西，他们上班相遇时问对方吃了没有（不吃饭怎么去上班！）？后来他们都觉得天天见面说这些乏味的客套话很别扭，于是上下班相见时便用点头的方式以示招呼，双方心里都舒坦了许多，再后来他们都觉得天天无事地点头很虚伪，便什么方式也不表示了。每天见面时，他们老远老远就故意把视线撇开，小吴的眼睛朝北，小季的眼睛朝南，都装着没有看见对方，擦肩而过。这样他俩都得到了一种解脱。

有天，小吴去市里办事，突然听到有人喊他。他在茫茫的陌生人群中,寻到了唯一的一张熟悉的面孔——天天见面的小季。异地遇老乡,他俩亲热得不得了,先是握手,后是拍肩,再问来市里有何贵干,最后问什么时候回家,犹如几十年未见的老朋友。分手时他们像再也见不到面似的,依依不舍,挥手告别。

第二天,他们在县城上班的路上仍然不期而遇,他们像往常一样,视而不见,谁也没有同谁打招呼。

感　情

林林和成成生下来便是邻居。

他们一起玩耍,一起上学,一起长大。

二十多年过去了,后来的岁月他们各自找到了工作,找到了新家,从此也失去了他俩的邻居生涯。

但他们仍然保持着亲密的兄弟般的情谊。

今天你来我家坐坐,明天我去你那聊聊;这周我送一包新茶叶,下周他提一袋南丰蜜橘,似乎一日不见如隔三秋。

某日,县里突然兴起电话热。

林林和成成高兴得不得了。

林林想,若与成成一起装了电话,就免得隔三岔五地来回跑。

成成想,若同林林一起装了电话,什么事在电话里聊方便得多。

于是,他俩经商量同一天在各自家中装上了电话。

开始，林林一天打三个电话给成成，追忆金色童年美好时光；成成每天早、中、晚必回三个电话给林林，留恋那永不复始的邻居生涯。

他们真的觉得轻松多了。

后来，林林觉得一天三个电话没有必要；成成感到电话多了也的确很累。

再后来他俩一天仅通一次电话。

再再后来他们无事就不通电话了。

突然有一天，林林蓦地感到自从装了电话后两人从没串过门，已经好几个月没见到成成，感情似乎没有过去那么自然，电话里通话总要加一句"你好"、"再见"之类的客套话，毕竟没有坐一起闲聊亲切。

成成也突然觉得若继续采取电话的交往方式，似乎连林林的模样也记不清了。

林林十分惆怅。

成成非常苦恼。

终于有一天，林林和成成不约而同地拆掉了电话。

人　情

王老师住在县城的一个阳明巷里，巷里有一个理发店。王老师在阳明巷生活了多少年理发店就有多少年，只是理发店的师傅换了一批又一批，而王老师剃头却不换理发店。

王老师从小就喜欢剃平头,无论春夏秋冬,始终对平顶头发型一往情深。他每天起床都要重复着以下动作:打湿头发,用吹风机吹起每一根寸长的头发,然后抹上摩丝,那浸透着铮铮发亮的摩丝根根竖发,每天都给人以清新鲜活的感觉。

王老师的平顶头很讲究,理发店每换一位师傅,王老师都要教他如何学会剃自己这种平顶头,师傅经他指点就是不一样,剃得有棱有角,吸引了县城所有酷爱平顶头发型的顾客,店主也干脆按王老师的建议,把理发店取名为"平顶头理发店"。

有一天,王老师走进"平顶头理发店",发现了一位多年未见面的老同学,王老师叫了他,同学说他一年四季也是剃平顶头,今天是慕名而来,这里剃的平顶头堪称世界一流!他们边理发边交流着平顶头给生活带来的方便,既美观又简单。那同学比王老师先剃完头,便客气地为王老师一起付了钱,王老师连声说不要,自己带了钱,后一想反正他下次来剃头我再为他付钱也是一样的。

王老师天天巴不得头发长快一点,那样可以早点碰到同学剃头,还人家一个人情。

头发长得蛮快,到了该剃头的时候了,王老师兴冲冲地来到理发店,却没有碰到那位同学,问师傅,师傅说他昨天已来理过发了。王老师很懊丧,自己从小就没有欠人家钱的习惯,就是小时买冰棒借了人家一分钱,他都会连夜把钱送还到别人家里才睡得着。

一个月后,王老师在理发店真的碰到了那同学,王老师喜出望外,心想这次总算可以了却心愿了吧。当王老师剃完头替同学付款时,对方说百元大钞找不开。同学连忙说我有零钱,我来付。王老师说那怎么行,上次你帮我付了一次,这次你又……我到外面商店换开吧。同学说何必呢,我们俩谁跟谁呀!都是老同学了,还这么讲究。王老师被同学说得很尴尬,心想再认真下去可能会伤同学情谊,便说好吧,下次一定要让我付了。同学又为王老师付了 5 元钱。

后来,王老师每次理发就备好一张 10 元钱。

这天,王老师理发时,老同学终于也来了。他俩像好久没见面似的,边理发边谈同学时的轶文趣事。王老师却心不在焉,巴不得早点剃完头,递上这 10 元钱。王老师先理完,便将 10 元钱递给师傅,顿时心里舒服多了。谁知对方接钱后对着灯光照一下,说是假币,王老师一脸的不悦,他好不容易等来的机会又失去了。他只带着 10 元钱,这下不仅替同学付不了钱,还有人民教师用假币之嫌疑,王老师痛苦极了。同学又笑眯眯地为王老师付了理发钱。

一连三个月,王老师一直在理发店没有守候到同学。

半年后,王老师实在忍不住了,便想主动约同学一起来"平顶头理发店"理发,于是他给同学单位拨通电话。单位上人说那位同学已在半年前死于车祸。

王老师狠狠地大病了一场。

打 包

A 从县城调到省城工作了。

在省城工作的老同学 B 听说后请 A 吃饭。

B 叫了一桌菜。

A 很感动，说两人吃饭点这么多菜浪费。

B 说不多，谁叫我俩当年同学，同寝室，还上下床呢！

两人都笑开了。谈过去大学时的趣事，谈现在美满的家庭，谈既将要去上班的单位。

酒足饭饱后，A 指着似乎没怎么动的一桌菜说，我说了浪费了吧。

B 说没关系，你可以打包回去嘛。

A 在县城也听说过城市里喜欢饭后打包，主要是城市大，买菜不方便，等挤车下班回家再弄饭又累又饿，打包回去图个方便，省事。而县城小，下班几分钟就可到家做饭，无须打包，多少也不卫生。A 摇头说，我不要打包。

B 说那样真的浪费了，打包又没关系的，城里人都是这样的。

A 说，主要是没这个习惯。哎，你可以打包。

B 很想打包，但嘴里却说，算了吧，我也不习惯打包。

A 说，没关系，你们城里人习惯了，你打包回去吧，不然浪费了。

A 越是这样说，B 越加不好意思了。说真的，我从没有打过包。

A 说那就都算了吧。

望着一桌菜不打包还是觉得好可惜，B 后悔刚才不该说没打包的习惯。B 说，那你先走了，我埋下单。

A 同 B 握手后便告辞了。

B 一边埋单一边叫服务员给自己打包。

服务员一共装了 6 个饭盒，然后陪着 B 送到酒店大门口，B 高高兴兴接过 6 个打包盒，心想明天的菜已解决了。

B一出大门发现A还在酒店大门口,B想到手上提的打包盒,如果让A看见很不好意思,很想缩回去。此时,A已经看见了B。

B假装镇定迎上去问,A怎么还没走。

A说打车的人太多了,一直打不到车。

B提着打包盒真想有个地缝钻进去。

B看到A一眼就看见自己手里提着打包盒,A还故意掉转头装着没看见。

B感到很尴尬。

这时,A等到了的士,A很快钻进车里挥手同B再次告别。

B站在那里愣了好久好久,突然感觉提着的打包盒越来越沉……

尴　尬

他一天写了三篇小小说,好累。

忽然他接到好友一个电话,约他出来泡脚,好友已在休闲中心门口等他了。

他高兴极了,正愁没地方轻松。

他一溜烟跑下楼,打车到了休闲中心门口,好友已站在门口了。

他掏钱付车费,这才发现忘带钱包了,他傻了!平时他是个很细心的人,每次出门一定要摸到口袋有钥匙、钱包、手机三样东西才会关上房门的。

正当他尴尬得不知如何下车时，好友主动上前替他付了车费。他只好连声说谢谢，心里却很别扭，他一生中很少有不带钱出门的时候，更不会让别人感到自己出门会不带钱。好友会不会以为自己故意呢？

没带钱心里很虚。不过这次是好友请自己泡脚，好友埋单也在情理之中，下次我再请他一次。泡完脚回家就是了，用不着再消费了。

泡完脚好友埋了单，他们走出了休闲中心。

他看见旁边有个报刊亭，想起前段时间寄给杂志社的一篇小小说现在也该刊登出来了，于是他来到报刊亭翻开刚出版的2007 年第 6 期《小小说》杂志，自己的小小说新作《尴尬》真的在这期发表了，他每次看到自己刚出版的新作都会先买上一本先睹为快，等不及杂志社寄来的样刊。可现在没带钱，他顾不了许多，硬着头皮对好友直说，不好意思出门忘带钱包了，你借我两块钱买本杂志，里面又有了我的新作，好友说，借什么借，你说哪去了。买两本！有你的作品我肯定要拜读拜读。

他听了好高兴，只是又欠了别人两块钱的人情心里好那个。他想起小时有一次借了同学两分钱买根冰棒，一个晚上都没睡着，第二天一大早就还给了同学，后来只要是借了钱他都会当晚还给别人，从不过夜。

此时，好友手机响了有事要先离去，他说你去吧，我也要回家了。

好友忘记了他没带钱坐不了车回家，拔腿就走。他倒意识到了，只要借一块钱坐公交车就可到家门口了，但他无论如何也不会叫住好友再借一块钱了，那样人家不以为你故意不带钱才怪呢。

他没钱坐公交,只好走路回家,走了一个小时才到家了,进门便累倒在沙发上了,但心里却比借好友一块钱回家要好受多了。

他的两腿又痛又酸,唉!今天这脚算是白泡了。

钥 匙

他去外地出差一星期后,回单位上班了。

他发现办公室墙上的小黑板上写着一个启事:"哪位同志拿错了我的一串钥匙,请归还本人,不胜感谢!"遗失者是与他桌子挨桌子坐在对面的老吴。

他觉得这事与自己无关,不屑一顾。

当他打开自己的办公桌抽屉时却惊呆了:一串钥匙跃入眼帘!他记得这正是老吴的钥匙。平时他总是看到老吴爱把钥匙随便扔在办公桌上,有时还超越桌子的界限,把钥匙丢在他的办公桌上。

他觉得这事非同小可,又抬头看了一眼"启事":写寻物启事的时间正是他出差的那一天,他终于记起来了,出差的前一天下午,他急急忙忙收拾桌上的东西准备下班时,把老吴放在他办公桌上的一串钥匙顺手放进了抽屉里。

他打算把这串钥匙还给老吴,向老吴解释清楚并表示深深的歉意。

可他拿钥匙的手倏地停住了。

我若还了这把钥匙，老吴会不会说我故意藏钥匙，与他过意不去呢？黑板上写的是"拿错了"，这是老吴的客气，谁知他心里想的是什么呢？说不准还认为我拿钥匙想偷他抽屉的东西，局里人知道了这件事又如何看待我呢？他想。

他装着漫不经心地瞥了老吴一眼，老吴如平常一样在做自己该做的事，他的办公桌上有了一串新钥匙。

既然事情已经过去一切恢复了正常，我何必又引起老吴不愉快的回忆？老吴将全套钥匙和锁都改朝换代了，一定破费不少，我若交出了钥匙老吴不恨我才怪！他又想。

终于他拿定了主意。

下班后，他等到办公室的人都走光了，迅速从抽屉把老吴的一串钥匙装入口袋，以迅雷不及掩身之速把这串钥匙扔进了厕所。

他得到了一种解脱，如释重负。

两个星座

盛夏酷暑，烈日晒得人身上冒油。

这座旧式四层楼房，顶层没有隔热层，只设计了一个出口，上面有个平台，全天的暴日照射，使顶楼两套房子里的地板、墙壁、竹床都起炕，人的身子稍碰一下就会觉得是一块刚起锅的烧饼贴在身上，阵阵发烫，晚上屋里像一个火炉，热气久久不能散出,人简直不能藏身,唯一的出路是把竹床搬到顶层的平台上过夜。

赵家和孙家就住在这栋楼房的四层楼上。俗话说,远亲不如近邻,平时这两家亲密得如同一家。赵家买煤炭,孙家帮助把煤从一楼运上四楼,孙家灌液化气赵家帮忙搬下提上;赵家炒菜忘了买酱油就到孙家厨房里倒,孙家烧汤差根葱就在赵家的葱罐里摘;赵家弄什么好吃的要端一半给孙家,孙家出差回来总要带些特产给赵家。每年夏天,等到太阳下山后,赵家和孙家像商量好了似的把竹床都搬上平台,赵家的房子靠东就把竹床放在东边,孙家的房子靠西晚上就睡在平台的西边。赵家拿冰棒给孙家,孙家送西瓜给赵家,两家在平台上吃成一团,谈笑风生,好不惬意! 尽管平台不算大,但两家都感到乐在其中。

不知哪一天,也不知为啥事,两家突然闹矛盾了。

晚上,赵家先上了平台,把竹床往西边移了些地盘,弄得孙家人挤成一团,很不舒服。

第二天,孙家抢先上了平台,把竹床往东边多占了一些地盘,弄得赵家人也挤成一团,很不痛快。

第三天,太阳还未落山,赵家又抢了个头,占了一大块地盘,孙家气得咬牙切齿!

第四天,太阳还没转红,孙家抢了个先,占了一大块地盘,赵家气得深恶痛绝!

第五天, 太阳还挂在老高,两家就把竹床搬上平台抢地盘了。太阳把竹床晒得滚烫,晚上人简直睡不下去,但两家都认了,为的是争一口气。赵家背向着孙家吸冰棒,孙家屁股对着赵家啃西瓜,然后仰在竹床望着夜空干瞪眼,别扭!

有次, 赵家在众多的繁星中突然看到了七颗亮星——北斗七星,它们组成了一把勺子的样子,每天都固定在同一个方位;孙家也在众多的繁星中突然看到了五颗亮星——仙后五星,它们组成汉语拼音字母 W 的样子,每天都处在原地固定不动。

又有一次,赵家在北斗七星的旁边相当于两星之间十倍远的地方发现了仙后五星;孙家在仙后五星的旁边,相当于两星之间约十倍远的地方也发现了北斗七星。他们几乎同时想起,有本书曾说,这是北天的两个醒目的星座:大熊座和仙后座。他们在天空各自的位置上既互不侵扰,又遥相呼应、和睦共处,长年累月向着对方,始终如一忠实于对方,人们只要看到其中的一个星座就能在旁边寻到另一个星座了。

赵家反躬自省。

孙家自惭形秽。

次日,太阳落山许久,平台上却不见赵家和孙家的人影。

终于有一天,太阳刚下山,赵家和孙家不约而同地把竹床搬上平台,赵家睡在东头,孙家睡在西头,阵阵欢声笑语又在平台上飘起,似乎连天上的两个星座也能听到。

对号入座

晴注意到他时是因为刚才差点与他吵了起来。

明明知道这部影片第一天上座率就不高,现在又是最后一天的最后一场,观众寥寥无几,可他就是放着许多好座号不要,硬要从票中间撕下 28 排 12 号和 14 号,一本票被他弄得七零八碎。又不是小青年谈恋爱坐在后面方便小动作，都三十好几的人了，恶心！要不是看到他从像酒瓶底一样镜片里射出的近乎乞求的目光，晴真想与他大吵一架，但晴克制了自己，只在心里骂了一句"神经兮兮！"

事后晴突然想起，此人似乎是位电影迷，每部片子必看。电影院隔三日换一部新片，他都在最后一天的早上第一个购买最后一场的那两张28排的票。晴觉得蹊跷。

既然每次买两张票，必定还有一个"神经兮兮"。晴想。

某晚，晴售完票后赶到28排探个虚实，可是晴只看到他一人，另一个是空位。

晴决定弄个水落石出。

三天后，当他又到窗口要那两个座号时，晴佯装笑脸打听原委，但他一副若有所思的惆怅面孔把晴的笑脸扫得一干二净。

晴讨了个没趣。

又过三天，晴接到他从窗口递进的买票钱时，还收到了一本文学杂志，他说他的故事都在他写的小说《对号入座》里。

晴感到很新奇，捧着小说一句句读了起来。

小说写的是有位妻子全身心地支持丈夫的创作事业，每晚相伴为依，当作家的丈夫只顾写作而忘了关心妻子，直到有一天妻子为他上街买营养品被车撞死，作家才从妻子的日记里看到这样一段文字："我嫁给他是我一生极大的幸福，终生无悔。如果说有什么遗憾之外，那就是为了丈夫的事业我放弃了少女时代酷爱电影的爱好，记得新婚第二天丈夫陪我看了一场电影后，我再也没享受过那种幸福了，我多么希望能再次依偎在丈夫身边看场电影，哪怕是一次啊！"，作家读后号啕大哭，猛然意识到欠下妻子的太多。为了忏悔心灵的情债，他决定每部新片都为九泉之下的妻子买一张票,都坐在他俩唯一只看过一场电影的 28 排 12 号和 14 号上。他每次选择最后一场意为妻子的幽灵终于赶上了人生的末班车。

晴读着,眼眶一热,泪水簌簌滚落下来。

晴首先庆幸的是那天没同他吵架。

又一个第三天,晴在窗口向他还杂志时还还给了他一个同情的目光。晴后来看到春夏秋冬、刮风下雨,他仍然一如既往。

晴被一种犹如洪水的情感吞没了。每到第三天,她就从整本的票上撕下那两张等着他,每次卖完票就忍不住进影院内朝 28 排张望。

一个寒风刺骨的雪夜,观众席上冷冷落落,影院大厅一片冰凉,有一个女人毅然坐在了他旁边的那个空位上,那个女人便是晴。

第一次说谎

C 君人生中有两大爱好,一是购书,二是买衣。他常对人说既要有涵养也要有外表。多买书是为了丰富知识,增长学识,此为内涵,穿好一点衣服是为了展示形象,包装自己,此为外表。人不可以只有外表而缺少内涵,那叫金玉其外,败絮其中,也不可以埋头看书而不讲究衣着,那会让别人看不起。

C 君的衣服不需要老婆买,都是自己买的,甚至老婆买衣服都要他参考。他一有时间就喜欢逛商场,这在男人中是不多见的。逛商场也不一定每次都要买衣服,他只要看到那些不同品牌专柜里挂着琳琅满目的服装就是一种享受,不去买心里都会觉得好过瘾。但如果看中了便会毫不犹豫地买下。

有一次,他看中了一件好喜欢的衣服,但价格太离谱了,他舍不得,十分矛盾,回家后一个晚上都没睡着。第二天一大早他实在忍不住,咬咬牙就往商场跑,市里的大商场都要 10 点钟才开门,他在商场门口足足等了两个小时才买到那件衣服。

C 君买衣服很讲究,喜欢买质地优良、价格较贵的名牌。他说男人买衣服不能同女人那样,女人买衣服不一定要贵的,但要款式新、数量多,衣服经常换着穿给人以鲜活的新鲜感,而男人穿衣服不必经常变花样,但一定要质量好,贵一点不怕,买少一点就行了,因为男人需要的是庄重。

C 君每天上班都穿得很精神,衣服的质量和款式都让人看上去很舒服,像个男子汉。只要他每穿一件新衣服,同事都会很习惯地问他在哪里买的要多少钱,其实大家只关心衣服的价格,在哪买的并不重要,因为绝大多数同事不会像他那样买那么好的衣服。

平时同事们会劝 C 君,现在市场上有那么多联营的衣服,看起来同正牌的差不多,没有必要花那么多钱,而且还有不少打折的。C 君听了坚决不同意这个观点。他说衣服固然是穿给人家看的,但归根结底是给自己看的。因为穿高档衣服出现在任何场合都会有自信,心里踏实多了。

不过,有一次 C 君饭后照常用逛商场代替散步,他看见一件橘黄色的皮上衣好漂亮好漂亮,他立马试试很合身,买了!营业员开了票叫他去交款,他一看只要 100 元顿时愕住了。营业员解释说,这件衣服原价是 1388 元,因为冬天马上要过去了,换季了,库存又很多,所以商家通知我们商场亏本卖掉,这衣服质量很好的,千万别错过这个机会。他站在那里愣了好久,实在很喜欢这件衣服,忽然想起同事们曾经劝过他的话,他终于破天荒地第一次买下了这件如此打折的衣服。

第二天他就穿着这件橘黄色皮上衣上班了。每次买了新衣都会马上穿上,这是他的习惯。

同事甲见了C君说,这件衣服真漂亮!在哪买的?皮衣可要几千块吧?C君说没有,是换季的,只要100元。甲说你开什么国际玩笑,谁不知道你买衣服的风格?!C君只好笑了笑。

同事乙见了C君说,这件皮衣款式从没见过,蛮贵吧?C君说只花了100元,乙说,你逗我玩干吗?你会穿那么便宜衣服!C君无语。

同事丙见了C君说,这颜色柔和协调,冬天里穿着就像一把温暖的火,不便宜啰!C君说很便宜的,你也可以买。丙说,你瞧不起人是吧,你以为我真的买不起。C君无奈。

同事丁见了C君说,这件衣服可是领导了世界服装新潮流了!名人就是名人,没人可以同你相比!C君说这件衣服确实只要100元。丁说你放心,我不会向你借钱的!C君一脸的尴尬。

接着,又有不少人问起这件橘黄色上衣,任凭C君怎么解释都无济于事。

C君异常痛苦。

后来不管什么人问起这件衣服价格,C君都毫不犹豫地回答:是很贵!1888元!结果是每个人听了都很自然地点点头,不再说第二句话了。

C君有生以来第一次说了谎话,但他心里不知道有多舒服啊!

我常烦恼

我常为这件事烦恼。

本来生男生女由不得父母,染色体 X 与 Y 相撞便是男性,X 与 X 结合便是女性,此乃人类遗传之规律,但人们就是不信,偏爱生男孩。生了男孩全家欢天喜地,生了女孩便蔫头耷脑。我却从内心喜欢女孩,从不为自己生了女孩而懊丧。烦恼的是遇到亲朋好友生了孩子不知如何询问是好,我尝过无数次苦头。

有次,同事休完产假上班,我出于客气,随口问了一句是生男孩还是女孩,对方无精打采地说生了个女的。我说女孩比男孩好……对方没听完就从我身边溜了过去,我讨了个没趣。

还有一回,我在路上遇见了一位多年不见的老同学,从生活谈到评职称,最后问到有几个小孩,同学说基本国策只允许生一个,自然我接着就问是男的还是女的,同学脸色陡然由晴转阴,支支吾吾用极小的声音说是女的,我想同学之间应坦诚相见,便说了心里话:还是女孩好,文静、好打扮,我就很喜欢女孩,妻子怀孕时我就祝福生个女孩,结果如愿以偿,我高兴得不得了,岂料那同学也直言不讳:男孩可传宗接代,女孩行吗? 你怎么这些年也学会说违心话! 他说完丢下我拂袖而去。我顿时觉得很悲哀。

我决定以后不再向别人询问生男生女了。

数月后,局长的儿媳临产了,我接受上几次教训,遇到局长只字不提。我想,如果生的男孩倒好,若是生了女孩会使局长尴尬不已。后来单位评职称,只有一个中级职称指标,论各方面条件非我莫属,结果却给了一个比我条件差好多的人。我一气之下冲进局长室问个明白,局长不紧不慢地说这是集体讨论的,局长又问"近来你是否对我有意见",我说没有,局长说"怪了,那天我喜得孙子,全局的人纷纷向我祝贺,唯独不见你的影子。"我听了心里直喊冤枉。

我想今后遇到此事还是不能不问,只是要学会询问技巧。

某天,同我和睦相处的邻居家传出了呱呱落地的婴儿声,我采用迂回战术十分谨慎地问孩子生下来有多重,邻居说将近9斤,我想如此之重肯定是男孩,倏地觉得全身轻松起来,脱口而出说祝贺你喜得贵子!邻居说祝贺个屁,是女的!我刚松弛下来的心一下子又提了上来。

从此我发誓再也不在任何时候任何地点向任何人询问生男生女的问题了。

享受孤独

金长孤三十有二还在享受孤独,不是他不想有个家,而是他每选择一次都陷入极度痛苦之中,最终因种种原因而告吹。

周围的朋友比他还着急。

这天,有位好友又带他去相识一位姑娘,他看到那姑娘长相与她的人一样朴素,五官任何一处都没有值得回味的地方,衣着平淡无奇，但谈吐贤惠，看上去是位很会过日子的典型家庭妇女。他觉得若有所失。

次日，另一位好友又为他相约了一位姑娘，他看到那姑娘长相与她的人一样豪华，五官的任何一处都值得回味无穷，时髦性感的银灰色紧身裤把黑色皮短裙和长筒皮靴连成一体，全身散发着少女青春的气息，但谈吐单纯娇气，成家后也许自己会成为家庭主男。他感到美中不足。

金长孤回家后辗转反侧：若与前一位姑娘结为连理，她会任劳任怨包揽所有家务，减少许多家庭一样的琐事纠纷，但缺少的是家庭温馨；若与后一位姑娘结为伉俪，家庭充满着罗曼蒂克的情调，但家务事的重担必将落在自己身上。

金长孤十分矛盾，他诅咒亚当和夏娃为何不创造出十全十美的姑娘！

金长孤思量再三，倏地感受到岁月不饶人，不能再像过去那样挑剔了，否则他将面临终身独身，他想还是与那两位姑娘接触一下为好，然后从中委曲求全的选择一位凑合成一个家，于是他给两位姑娘分别写了一封约会信。

很快，他同时收到两位姑娘的回信。前一位姑娘说，我理想中的爱人是一位内向忠厚的，而你却活泼、潇洒，我们不能交朋友；后一位姑娘说，我追求的是浪漫潇洒的男子，而你却内向木讷，拜拜！

金长孤再次享受孤独。

重新关上房门的女人

他作为特殊人才被省城高校调进时，向大学校长提出了要同时解决住房和妻子调动的要求，校长二话没说满口答应：房子是三室两厅，妻子到大学图书馆。

房子又大又新，很满意，但妻子在县城是省属单位，工资高、奖金厚，调大学图书馆就那几个死工资，相比之下，年收入少了许多，而小孩在外省读大学正等着用钱。妻子对他说，暂时还是你一人先去吧，我舍不得这儿的钱，过几年我再过去。

他想，县城到省城高速公路只要两个小时，夫妻见面也不难，便答应了。

都快五十岁的人了，却突然赶上了两地分居的日子，他俩都没有心理准备。他们约好每月底见一次面，不是你来就是她往，成了时尚的"月末夫妻"。

小别胜新婚，相思之苦让他俩每次见面都很亲切。

时间一长，他开始觉得很空虚。没有人洗衣做饭，散步也是独自一人，他多么希望妻子能陪伴着自己。

她也感到寂寞。洗一人的衣，做一人的饭，看电视也是一人独守空房，他常常会一时冲动，真想一夜之间直奔省城丈夫的怀抱。

他一周只有四节小小说创作课，妻子又不在身边，他只有埋头创作了，每周至少发表两篇，不久便成了高产作家。他的读者群也日渐扩大，崇拜他的读者经常登门来访让他招架不住，他烦，但也填补了他的空虚。

某天，一女孩拿着自己的习作来拜访他，女孩无意中发现他空荡荡的大房子里居然没有女人生活。女孩便大胆地说很多年前看了他的小小说就喜欢上了他，她暗恋他多年了，她愿意为他当牛做马，愿意为他洗衣做饭，陪他散步。

他不敢怀疑女孩的虔诚，抵挡不住女孩诱人的脸蛋和娇小的身材。

后来，女孩不仅为他洗衣做饭，散步后还陪他睡了。

再后来女孩成了房子的临时女主人了。

妻子身边的县城好友经常温馨提示她，没有女人在身边的男人迟早会有女人的，不要舍不得丢掉那几个工资，总有一天你会连丈夫一起丢掉的。她说不会，她最了解自己的男人了，结婚20多年连一个女同事都没带进过家门。

月末双休日，她每次到车站买好去省城的车票后，都会习惯先打电话告诉他到站的时间让他来车站接她，他接到电话后会立即通知女孩这两天不要来住，并以最快的速度藏好女孩的生活用品，然后去车站接她。

有天，单位临时有急事去省城办事，她像往常一样抓住这个去省城同丈夫见面的机会，兴奋地跳上单位办事的便车却忘记了带手机。

她无法打电话让他来接，不过也没关系，单位车子可以开到家门口，这样还可以给他一个惊喜。她乐滋滋地想着。

两小时车子就到了省城，她打开房门，一股特殊的女人香水味扑鼻而来，屋里还有许多不是自己的女人用品。

她惊呆了！

当她回过神来明白了一切后，她立即拿起桌上的电话要向丈夫问个明白。

她拿起话筒许久没有拨号，过会她还是拨了号，但只拨了几位数又毅然放下电话。

她呆坐在沙发上泪流满面。

一小时后她很快调整好了情绪，重新关上房门，到公用电话亭打电话告诉他我随单位便车到省城了，现在正在省局办事，一会完了就回家，我忘了带手机和房门钥匙，你先到家开门吧。

半小时后，她敲开了家里的房门，迎接她的是笑盈盈的丈夫，那些女人用品都已荡然无存了！

晚上，她对他说，老公，我一个人在县城实在好寂寞，特别想你，这样的日子久了我受不了，已经三年了，我们还是结束分居吧，把我马上调过来。

妻子的话让他感到很唐突。

等她熟睡了，他轻手轻脚下床翻开了她的包，包里没有手机却有房门钥匙！

他惊诧、内疚、感动。

他呆坐在沙发上想哭。

第二天一大早上班，他就走进了校长室，请求让妻子马上调到大学图书馆工作。

麻将?少女?作家

　　人们宁愿相信太阳从西边出,也不相信 X 开始打麻将了。

　　全城的人都知道 X 是一位很有名气的小小说作家,他以多产高质量赢得了广大文学青年的青睐,已相继出版了三本个人小小说专集。他就是天天不睡觉也没时间打麻将啊!

　　他在单位上经常训斥玩麻将的人:"青年人什么事不好做,为何要整天沉溺于'围城'之中?!"把一些人骂的躲闪不及。

　　但是,后来的 X 确实开始了麻将生涯。那是一个双休日,X 应邀参加一个中学同学的聚会,在全国皆"麻"的今天,"聚会"意味着玩麻将。本来 8 位同学正好两桌,但 X 不会玩,坐在一边看电视,弄得 4 人上场 3 人傻看,那三双手痒的不得了,群起而攻击骂 X 不懂生活,怎么没学会麻将?主人觉得尴尬就动员 X 凑个角,X 说实在不会,主人说就学一次吧,何必扫大家的兴,在相互推拉中,X 一人敌不过了众人的埋怨,终于被推上了"断头台"。偏偏 X 接受能力特强,不仅一下学会了,而且觉得麻将里隐含着无穷的哲学道理,就像人生旅途一样,机遇和运气同等重要,每一局牌犹如人生道路上的某一个阶段,充满着希望、渴望、失望或绝望。当别人和了牌又重新开始时,就像人生遭到失败后继而把希望寄托在下一次的拼搏一样,尤其是自己和牌前那一瞬间中的悬念,等待和成就感交织在一起,给人一种无穷的诱惑力。

　　X 像刚学熟骑自行车一样,上瘾了。第二天他破天荒地上街买了一副麻将。

从此,他一发不可收,成天围坐在"长城"两岸。

开始,隔三岔五的还写点小小说,后来打麻将占据了他许多业余时间,他很少写小小说了,后来索性就没了。面对书桌上无数封的约稿信,无奈之余,也只是将自己过去未卖出去的文稿寄出去,直到抽屉无一字片纸。

有时他也想坐下来写上几字,可是提起笔,脑子里尽是麻将牌中的"白板",一片空白,丝毫没有一点灵感。时常是人未坐稳,手机里就传出了"约会"的信息:"四个面向三差一"。他抵不住众人的诱惑,也奈何不了朋友的情谊,去就去吧,明天再写。结果明日复明日……

当 X 发现自己有一年没一字见报,他开始感到有危机感了,省作家协会会员长期没有作品问世还叫什么作家?! 他真想把麻将这玩意儿戒掉。

一天早上,刚刚在朋友家麻将桌上通宵奋战的他,爬上返家的公交车,坐在后排昏昏欲睡,突然被一阵吵闹声惊醒。

"我昨天和了一个好大的牌,我坐庄杠上开花碰碰和。"一个男子得意地说。

"这个牌大个屁! 我打了五六年麻将还从没见过 X 和的牌真大。X 坐庄,抓了四个发财,面前一个明杠,两个暗杠,清一色碰碰和单吊杠上开花。"另一个伙伴接着说。

"你说谁? X?"一位将一摞书抱胸前的靓丽少女说。

"是啊! 你认识?"

"是写小小说的 X 吗?"

"对呀,他住在我家隔壁。"

"他是我省最有名的小小说作家,是我最崇拜的文学偶像,在我遇到困难的时候,是他的书给了我生活的勇气,我才不相信他也热衷这玩物丧志的麻将。"

"X 上星期都同我在一起玩麻将,骗你干吗?!"

"不会,绝对不会,我可以用我的人格替他保证。他是我的精神支柱。"少女情不自禁地呜咽起来。

车上的乘客或惊讶或迷茫或同情。

坐在后排人群中的 X 把涨红的脸深深地埋在两胯之间,生怕被人发现,内疚自己当初沾上这丧志的麻将,又为有这些纯情的崇拜者而激动不已。

车刚到站,X 一个劲地冲向家里,把一副麻将狠狠地扔进了汹涌澎湃的鄱阳湖里。

矛校长和盾书记

矛盾县矛盾乡矛盾中心小学的名就出在矛校长和盾书记之间的矛盾上。

按照中小学校长负责制规定,矛校长是学校的一把手,可惜由于诸多历史原因矛校长一直没有入党。

盾书记是学校的二把手。他在学校又领导着党支部,常常显示出另一种权威。

矛校长领导有方,赢得了社会好评。

盾书记工作出色,教师们交口称赞。

可不知哪一天,也不知为啥事,他俩发生了矛盾,而且矛盾蛮大。

矛校长在校行政会上含沙射影批评盾书记。

盾书记召开校党支部会,指桑骂槐抨击矛校长。

常常是今天矛校长开行政会决定的事,明天盾书记就开支委会否定;上午盾书记拍板的事,下午矛校长就推翻。

矛校长扬言只要盾书记在学校当书记,他就永远不入这个党;盾书记宣布只要我当书记,我就永远不要他入党。

矛校长和盾书记的矛盾终于惊动了县里。

县组织部和教育局联合组成调查组来到矛盾中心小学。

调查组说明来意后,矛校长和盾书记争先恐后"告状"。

调查组先叫矛校长说。

矛校长喜形于色,先入为主。他像回忆痛苦的历史一样,满脸愁苦地列举了盾书记一百二十四条罪状,恨不得要县里立即把盾书记调离学校才解心头之恨。

盾书记喜上眉梢,后发制人。他像讲述悲惨的历史一样,满脸沧桑,把矛校长说的一无是处,发誓只有把矛校长调走才能扬眉吐气。

真是"公说公有理,婆说婆有理。"调查组长听了他们的"告状"后,十分头痛,思量再三,组长毅然采取了另外一种特殊的处理方式。

调查组长找到了矛校长说:"盾书记说你平易近人,治校有方,学校教育教学成绩一年一个台阶,这学校没你可不行……"矛校长听了顿觉奇怪,盾书记平时对我恨之入骨,今日怎么说我这么多优点?不可能吧,但人家县里领导总不会说谎吧!

调查组长又找到盾书记说:"矛校长说你群众基础好,支部工作做得出色,支部在学校真正起到了政治核心作用,这学校没你可不行。"盾书记听后突感糊涂,矛校长平时与我血海深仇,今日怎么却没说我一个"不"字？不相信吧,可人家县里领导总不会说谎吧！

调查组走后,夜幕渐渐降临,校园一片宁静,矛校长和盾书记的心里却久久不能平静。

矛校长坐立不安:今日盾书记在调查组面前表扬我,其实平日是我的过错,我应该检查自己的错误,向盾书记赔个礼。

盾书记心潮翻滚:今日矛校长在调查组面前尽说我的优点,其实平常是自己的不对,我应该反省自己的言行,向矛校长道歉。

矛校长起身向盾书记家走去。

盾书记推门朝矛校长家走去。

他俩恰恰在操场中央不期而遇！

矛校长非常惊奇！

盾书记格外诧异！

蓦地,晶莹的月光,把两双紧紧握住大手的身影投在了宽大的校园操场上……

不做假账

耿局长到新单位上任的第一件事就是同所有新领导一样,换掉会计。

当真,大家对局里的曾会计一肚子意见。

A 副局长说,曾会计太坚持原则了,那年我到北京出差,到世界公园玩了一下,回来曾会计说有文件规定,门票不能报;B 副局长说,上个月为局里的事,给市局领导送了些烟酒,曾会计却如实上了账,这要查起账来咋办?C 副局长说,去年春节局里为职工买年货,我和过去的局长,包括曾会计自己,每人多买了一斤香菇,叫曾会计放在年货里一起报了,可他死心眼,拿出了一斤香菇的钱,还要我和局长也拿出那钱。耿局长,你要是不换掉这曾会计,以后的日子怎么过!

耿局长的两眉之间倏地出现了"川"字。他翻开了曾会计的档案,还有三个月退休,耿局长觉得机会到了,便把曾会计叫到自己的办公室:"听说你办事认真,实事求是,这当然好,但我们做领导的也难,为了工作我们也要做些违心的事。从今天我上任的第一天起,你给我做两本账:一本真账,一本假账,这样好对付上级的检查。你也快到退休年龄了,如果你不按我的要求做账,我会马上换掉你,或让你按时退休,如果依我做账,我会……"耿局长说着便把红黑两本不同颜色封面的账本扔给曾会计。

曾会计心里明白:红色账本做真账,黑色账本做假账。他二话没说,拿起两个账本器宇轩昂地走了。

三个月后,耿局长叫曾会计拿账本到办公室来:"账做得怎样?"

曾会计把红色账本给耿局长看:"1.局办公楼换新水表,耿局长家里也换了一个,单价为 15.30 元,由耿局长个人支付;2.耿局长请同学用餐,一桌饭 364 元,因与工作无关,应由耿局长个人支付;……三个月,耿局长应个人支付给局财务室 872.30 元。"

耿局长接着又把黑色账本翻开,上面只写了四个字:"不做假账。"耿局长心里暗喜,说:"曾会计,三个月前我叫你做真假两本账其实是在考你，看来你真是名不虚传。你看，我也记了一笔账，该我支付的钱我每次都放在这个信封里，给！"

曾会计接过耿局长的信封，从里面拿出的钱正好是872.30元。

"曾会计，我需要你这样的红管家，不想让你退休，至于你的退休年龄，我可以在档案中改动一下。"耿局长高兴地说。

"谢谢耿局长的好意，今天正好是我退休的日子，我是一定要退休的。你应该坚持原则，工作中的弄虚作假比做假账更危险。"曾会计说。

"这……"耿局长愕然半晌。良久，终于在曾会计的《退休申请表》上写下了八个字："光荣退休，继续留用。"

（原载《语文教学与研究》2001.9）

阳光下的伞

早上，他俩发生了婚后的第一次争吵。

她翘起小嘴去上班了。

他满脸惆怅地去单位了。

她来到办公室里怎么也想不通，婚前那么爱自己的他今天却大发雷霆。

他坐在办公室里怎么也不理解，婚前十分温柔的她今天却判若两人。

天犹如他俩一样说变就变，飘起了绵绵细雨。

窗外霏霏雨丝把她的思绪拉回了那永远难忘的一天，那是电大下课的一个晚上，天倏地下起了大雨，没有伞的她孤零零地伫立在教室门口，被寒风吹得直打哆嗦。猛然一位伟岸的男子出现在她面前，她看清了，原来是刚同她一起听课的同桌，满身雨水的他手拿两把伞。她明白了一切，羞涩地接过了伞。也接过了初恋……

窗外稠密的雨帘使他不禁追忆起一年前火车站台上的那场雨。远途出差归来的他没下火车就遇上了一场大暴雨，没带伞的他多么想尽快见上她一面。当他走下火车时，却看到了一把红红的伞下立着一位红红的姑娘。他明白了一切，毅然钻进了伞，也钻进了伞下的热恋……

她脸上露出了回忆的微笑，抑制不住怦怦跳动的心。

他脸上显出了记忆的甜蜜，热血在心中涌动。

应该忘掉早上的争吵，主动给他送把伞去，她想。

应该忘掉早上的不快，主动给她送把伞去，他想。

于是，她立马到商场买了两把伞，朝他单位走去。

于是，他蓦地到商店买了两把伞，朝她单位走去。

她疾步如飞。

他快马加鞭。

谁知他俩在途中的十字路口上不约而遇。

她看着他，惊诧的脸上渐渐飞上了初恋的红云。

他望着她，激动的心比初恋时跳得还快。

当她和他举着伞向对方靠近时，空气似乎凝结了。他们久久对视着，好像都找不到合适的话语来表达此时愧疚至极的心境。

雨停住了，阴云中钻出的阳光给大自然带回清新，掉在地下的四把伞中间站着紧紧拥抱的她和他……

爱打扮的她

她喜欢打扮。

每天她都要为自己精心点缀，眼皮上涂着淡淡的艮绿，唇膏轻轻挑起一种似笑非笑的含蓄，庄重中含妩媚，素雅里藏艳丽，仿佛像个没结婚的姑娘，年轻了十多岁。弄里的人讨论乍起："都生儿育女了，还打扮得那么妖艳，说不定她另有所爱呢！"

每天她都要换穿两套衣服，上午上班穿套素颜色的，下午上班着一身深颜色的。高俏的身段配上合体的衣装，犹如仙女下凡，常给人一种新鲜感和青春的活力。单位上的人对她评头品足："女人的心天上的云。结了婚的女人爱打扮总没有好事情！"

终于有一天，她不打扮自己了。

弄里的人看到她进出家门不再嘴红眉黛，经常化妆而突然中止化妆的脸显得愈加难看。"可能是她丈夫不准她那样涂脂抹粉了，怕她跑了！"里弄里的人互相猜测道。

单位上的人发现她也不再是一天两样的衣服了，她身上的一套衣服穿了整整一星期都没换洗。"说不定她丈夫发现了她的秘密，不准她再穿着俊俏了。"单位上的人相互估计道。

毕竟是猜测，估计归估计，没有一个人能悟出其中的真谛。

还是一位和她十分要好的同事悄悄地向她问起原委，她听了嫣然一笑："我丈夫出差了。"

童　心

上幼儿园大班的佳佳看到小学生背着双肩书包，走起路来挺神气，便吵着也要买那种书包。

我对佳佳说，幼儿园里用不上，等到读小学一年级爸爸一定给你买一个最喜欢的双肩书包。佳佳先是不依，后来在我连哄带骗的思想工作下，才停止了吵闹。

事后，佳佳隔几日就要问我一次，离上小学的时间还有多少天，我每次都认真地回答她还有多少多少天。

有次我换外衣，将口袋里的人民币都抖了出来，佳佳捡起滚个不停的 2 分硬币说，这钱留给她进小学买双肩书包。我觉得好笑，世上哪有 2 分钱能买到的书包。不过我倒想起可以让孩子学会积少成多，从小培养勤俭节约的美德。于是，我特意到商店买了一个小熊猫储蓄盒，告诉女儿以后有硬币就扔在储蓄盒里，到时就拿盒里的硬币去买双肩书包。

佳佳听了兴奋了几天，她在熊猫鼻子上穿上一根绳子，拉着小储蓄盒欢蹦乱跳到处跑。

后来佳佳不再乱花钱，把我和佳佳妈给她买零食吃的钱节省下来，换成硬币，极虔诚地一个一个塞进小熊猫的嘴里。我和佳佳妈看了心里直乐。佳佳妈把买菜找回的硬币全给了佳佳，我买烟也请售货员专找给我硬币。

佳佳每天放学回来就要揭开小熊猫的耳朵看一眼，巴不得一夜之间就能把储蓄盒里的硬币变成书包。

我到市里出差，偶尔在百货大楼看到儿童专柜里挂着琳琅满目的儿童书包，使人眼花缭乱，仿佛进入了一个童话世界。我的眼睛在一个水红色的双肩书包上停留了许久：款式精美，功能多，好像是专门为佳佳特做的。我想佳佳下星期就要结束幼儿园生活，度过这个暑假就要读小学一年级了，我许诺过帮她买个最满意的双肩书包，于是我不问价钱地买了一个。

出差回家，我神秘地对佳佳说："爸爸为你买了一样你最喜欢的东西，你猜猜？"

佳佳眨着水灵灵的眼睛，猜了十几猜都没猜出正是她久已盼望的双肩书包。

我看到佳佳的猜测能力再无潜力可挖，便突然亮出水红色的双肩书包。

佳佳眼睛先是一亮，继而翘起小嘴一个劲地嚷着，不要这个书包！

我感到纳闷。是爸爸买的书包不漂亮？我问佳佳。

佳佳翘起小嘴说，你说过让我好好地存硬币，到时拿硬币去买我的双肩书包。佳佳说完便嘤嘤地哭了起来。

我像一尊雕像，愣愣地站在佳佳的面前……

苗 苗

上课铃响后，我夹着课本朝班上走去。

离教室很远，就听到孩子们唱起了上小学第一天我教给他们的第一首歌："我在马路边捡到一分钱，把它交给警察叔叔手里边，叔叔拿到钱对我把头点，我快乐地叫一声'叔叔再见！'"

我知道这是文艺委员苗苗发的音。听得出，她的嗓音格外响。

歌声刚落，苗苗跑来对我说："老师，我在上学的路上捡到一张邮票，一直没见到警察叔叔，请您帮我交给警察叔叔吧。"

瞧着苗苗递给我的邮票，我差点笑出声来。不过我还是说："苗苗做得对！同学们都要学习苗苗拾金不昧的精神。"

下午，我在办公室改作业，突然听到有人在门口小声喊："报告！"我抬头一看原来是苗苗，身着洁白的连衣裙，酷似一朵含苞欲放的小荷花。

我让苗苗进来，问她有什么事。

苗苗歪着头对我："老师，我那张邮票您交给了警察叔叔吗？"

我猛然愣住了。但毕竟是做老师的，反应敏捷："给了给了，警察叔叔还表扬了你呢！"

"真的吗？！"苗苗的眼睛睁得又大又圆，湛黑的眸子里闪动着异常的亮光。

"谢谢老师！"苗苗说完，便欢蹦乱跳地朝教室奔去，嘴里还大声唱着："我在马路边捡到一分钱，把它交给警察叔叔手里边……"

看到苗苗犹如一只小蝴蝶飞进了花朵似的孩子群中，我真不忍心告诉她，那是一张盖过邮戳的邮票呢。

拜　年

俗话说："天有不测风云，人有旦夕祸福。"除夕之夜他身体突然不舒服，新年第一天就从医院提了几包中药回来。医生说是严重流感，嘱咐近期不得出门，以防病情恶化和传给他人。

他感到很晦气。

往年春节他没得歇，骑着单车到领导和同事们家串门拜年。你来我往够忙乎，这是中国的传统习惯，大家图个吉利。他每年大年初一都是先到局长家给局长拜年，以示尊重，尽管那天因局长也要到他的上级那里去拜年而照不到局长的面，尽管每年是局长夫人接待全局一百多名部下以至于记不清登门者的名字，但他还是年年选择在初一给局长拜年。可今年他自感全身乏力行动不便，更不忍心在拜年握手寒暄中把流感传递给他人，于是他整个春节闭门休养，没跨出家门一步。

到了上班的时间他的流感好了，但心病上来了：局长毕竟是自己的上级，平日对自己不差，今年没去给局长拜年，局长会不会猜测自己对他有意见，说不准以后还要给小鞋穿。他决定上班的第一件事就是带上病历向局长说明原因，以求局长宽容。

他忐忑不安地推开了局长办公室门，说了声局长新年好，正欲拿出病历作详细的解释，不料局长站起笑容满面地说："听我爱人说初一你就上我家了，唉，每年我都不在家，现在你又……你太客气了。"局长边说边给他递上一支加长香烟，并用电炉丝打火机给他点燃。

他有些愣了，木然地抽着局长的烟，正想解释自己初一因病没有去，但他把拿病历的手又缩回了，他全明白了，无须作解释，只是同局长打着哈哈。

既然到和不到局长家拜年都是一样，明年大年初一还上不上局长家拜年呢？他觉得手中燃烧的香烟似乎在烧他的心，隐隐作痛……

圆周运动

"唉——"老王送走了最后一个贺喜的人，便倒在沙发上长叹一声。小儿子下星期要结婚了，今日星期天一大早，老伴吩咐老王照例在家候客，她出门采购酒桌上的食品。老王听后心里实在不乐意，前两个儿子结婚时他已经饱尝过那种留家候客的滋味。他的外交本事远远不及老伴，但他没有理由推辞这项令人烦躁的任务，只得维持"原议"。整整一天，老王的屁股在凳子上坐不上十分钟，就有人提礼上门。人们像商量好了似的，一个接一个，甚至给先一个刚沏好茶，后一个就在门外叫道："恭喜呀！"客来了,要上茶、散烟;客走了,要把礼物做上记号,以便晚上向老伴汇报。应接不暇的送礼人把他弄得晕头转向,老王又困又累,微眯着眼躺在沙发上。这时才有空从眼缝里瞟着面前的各色各样礼品,盆花、塑料花、佩带花、床单、床垫、床被面、线毯、呢毯……琳琅满目。并不亚于一个百货店。然而,老王的脸上并没有露出丝毫的笑意,他心里有数,面前的礼品并不是大浪打来的,大部分是自己平日送了他们儿女结婚的礼而这次是来还礼的,另一些虽不尽然,但送者的儿女正在等婚候嫁,过不了多久,自己还得要拿出超过他们等价的礼品去回礼。他生活在这县城里几十年,小地方人少熟人多,谁的儿女结婚,几分钟后,消息便传遍大半个县城。只要与那人或其父母是同事、邻居、老同学的关系,就要摸口袋买礼品了,这是县城习以为常的惯例,不然,人们会毫不留情地把"吝啬鬼"一词取代你的姓名。本来,终身大事做点表示倒也应该,但流于形式,送来许多相同的礼品,既不实用又不便退掉,确实使许多受礼者为难。

此时,老王的眼光停留在三十多个暖水瓶上,他心里猛然一震,眼睛发亮,像想起了什么似的。"那个水瓶难道又回来了?"老王突然萌生出这个念头。他清楚地记得那个水瓶的"周游史":四年前,同事老张的儿子结婚,老王在商店买了一个双喜牌暖水瓶和一床被单去祝贺。路上,他偶然发现水瓶提把上的四个铆钉有一个少了半边,他看了看这不影响美观和质量,就懒得去换。可是当老王第一个儿子结婚时, 这个水瓶却从儿子刚结婚的老张手中作为贺礼送回来了。老王仔细一想,便晓知这是老张那年收水瓶多得用不上,就当作贺礼转送给熟人老李,老李水瓶也收得多,就转送给我老王。也许中途还经过了更多人的手,太滑稽了!一个月后,单位上的秘书小孙结婚,老王学着转送礼品的戏法也把它送出去了；一年后，当第二个儿子结婚，水瓶又从老同学家里送回"娘家"。今年上半年，老伴同事的女儿出嫁，老伴琢磨着经常送水瓶也不像样，可家里有二十来个多余的，不送掉怎么办？没法，只好让它第三次出门……

老王忽然从沙发上弹起，拿起五颜六色的水瓶一个个检查。当数到二十八个时候，天啊！奇迹出现了！它像一个病人似的，失去了早先的光泽，委屈地站在老王手中。

胶 布

今天早读，班主任带进了一位新来的女同学："她叫陈小玲，原先在市里念书，因父亲调动工作才转到我校。"老师看她个子高，唯独我边上有个空位子，就把她安在我旁边。唉，上午四节课别扭死了，两只手不能像原先那样撒开，两条腿也要平行收拢，特别是她写作业时，手还超过了桌子的二分之一，这不是得寸进尺、欺负人吗？不行！我得先下手为强，在桌子上弄出一条明显的分界线，互不侵犯。拿什么弄呢？用粉笔？保持时间不长；用刀刻？损坏了桌子。我的眼睛落在窗子中那块用胶布粘在一个角的玻璃上。有了！用白胶布，剪成细长的一条，既显眼又牢固。

当我把胶布贴在桌子中间。陈小玲问我："这是干什么？"

我没好气地说："井水不犯河水！"

我见她眨了眨眼睛，然后微微一笑，便不再作声了。

第一节政治课，老师大概是讲团结呀友爱呀什么的。我根本没听几句,注意她的手是否"越位"了。不错,还是胶布的威力大,整整四十五分钟,她不但没过线,而且还往那边挪过去了一点。

第二节体育课是组与组篮球比赛。我们二组和三组先赛。我是篮球迷,个子高,投球又比较准,不到十分钟,二组以 10:2 领先,我一个就独进了四个球。我一下子成了他们防备的重点,他们用两人看住我。正在我起跳投篮时,对方一手扑来,不小心划掉我右手中指一块皮,我顿时感到一阵疼痛。组长要我换下来去医务所包扎一下,我想到组里荣誉,还是强忍住。球和肉直接接触,痛得我差点没叫出声来……

终于挨到上半场结束,同学们围过来问长问短。我忽然发现陈小玲同学急匆匆地跑来,气喘喘地对我说:"给你胶……胶布!刚才从……医务所拿来的,先暂时贴上吧,免得接球时痛。"

啊!胶布,她帮我拿胶布来了,而我第一节课却用胶布……我简直不相信,站在面前手里拿胶布的会是陈小玲。

我十分尴尬地接过胶布,不知说什么好,半天才从牙缝里挤出几个字:"谢谢你,我……"

她笑了笑,爽快地说:"不用谢。我们是同学,还是同桌同学。互相关心,互相爱护,是我应该做的。"

同桌?互相?爱护?我猛然想起桌上那该死的胶布,撒开腿就朝教室跑去……

婚礼上

婚礼上飘起一阵阵祝贺声和欢笑声，新郎新娘向来客敬烟敬酒。突然，门口出现了一位右手挂着拐棍的姑娘，她左手握着一束鲜花，肩挎一个大包，长得并不出众，但惊动了四座。知内情的人一眼便看出她就是新郎早年的女朋友。

他们曾相爱多年。两年前的一天，姑娘下班路过书店，见门口挂着"《辞海》已到"的广告，她立刻想到这是他多年来梦寐以求的书，但命运恰恰在这时捉弄人，她被开来的汽车撞倒了。右腿的残废使姑娘产生了离开他的念头。以往，她爱他有强烈的事业心，是本市颇有名气的小说业余作家，她打算一生支持他从事文学创作。他爱她贤惠、多情、会体贴。突如其来的现实撕毁了他们编织的生活蓝图。她知道，与他结合，将会成为他的拖累。真正爱他，就要使他离开自己，重找一位能为他料理生活的人。姑娘苦苦地哀求他。他接受不了这种揪心的要求，但在姑娘一个多月的流泪劝阻下，他终于……

此时，新郎急步上前扶住了姑娘，接过了她献上的花。

姑娘慢慢从包里拿出一套精装《辞海》，微笑地说："那年没帮你买成，这次我托同学在外地带来了。大喜之日就作为我的贺礼吧。"

新郎的眼睛顿时出现了一道红圈，喉结在嗫嚅："太谢谢……"

姑娘略微摆了下头，说道："我走了。"

新郎愣住了，两眼直盯着《辞海》，既没有挽留她喝杯喜酒，也没有塞上几块糖。他翻开扉页，上面写着：

爱情永恒，事业成功！

——真诚的祝愿

两串晶莹的泪水从他的眼角边重重地落在那本厚厚的《辞海》上。

爱，在清明节里

烈士陵园在清明节浓重的雾雨中，显得异常庄严、肃穆。我在众多的烈士骨灰盒中，找到了去年在抗洪救灾中牺牲的中学挚友，为他献上一束鲜花，滚烫的泪泉止不住涌了出来。

"呜……"身旁这位比我早到的姑娘已哭得泣不成声。她侧身半跪把埋下的脸紧紧地贴在挚友旁边的那个骨灰盒上，手上洁白的手绢被泪水湿得泛出水光，紫罗兰色的风衣裹着身体随着节奏不均的凄泣声一起一伏着。

同情心使我朝"烈士简介"牌望去：陈坚，男，45岁，某部团长。一九九八年八月在抗洪救灾中英勇牺牲。

"如果没弄错的话，他是你父亲吧？"我觉得一个单身姑娘在这样处境中怪可怜的。

她缓缓地抬起头，诧异地望着我——一张绯红的泪水脸，一张极标致迷人的少女脸。

"我的同学也同你父亲一样。"我用手抚摸着面前的骨灰盒。

她点点头,红肿的眼里又滚下了一串泪珠。随后把头埋了下去。

夜色渐次降临,她没有丝毫离去的意思。

"姑娘,该走了。再晚了就没有车了。"我说。

出了烈士陵园,我们撑着伞,在雨中默默地走着。她低着头,一直沉浸在剪不断的哀思中。

轻微的春风撩起风衣的下摆,富有女性的线条和魅力,使得她愈加楚楚动人。她太美了,也太不幸了。当她处在梦幻般甜蜜的青春少女时代,却失去了父爱。她应该得到幸福,应该有更多的爱,有一个温暖理想的家。

一直在择偶中有极高要求的我,也不禁动了心:我应该给她幸福,我有能力给她幸福。

"我们可以交个朋友吗?"我鼓足十二分勇气问。

她惊异地望着我,轻轻地摇了摇头。

没想到被许多少女追求的时代娇子,却遭到了面前这位女子的拒绝。我觉得很有必要向她自报家门。

"我是文学博士研究生,近几年发表了十几个中篇小说。"

她不语。

"我也是干部子弟,父亲是九级干部。"

她仍低着头。

"请不要误会,这是我的党费证。"我要向她证明高干子女并不都是纨绔子弟。

她压根儿不看。

如数家珍地将身份和盘托出,竟引不起她半点反应。我满腹狐疑地盯着她那不可测的目光。

她终于抬起头，启动了丹唇："谢谢你，我早有了男朋友。"

"哦？那他今天？？"

"他在我父亲生前的部队。"她露出了一丝很难察觉出的自豪。

一股热血冲红了我整个脸，我简直无地自容。其实，她早已是世界上最幸福的人了。

雨仍然在悄悄地飘着，虽然雾已散开。

"王冰箱"与"李摩托"

C 镇很小。

小得街头巷尾只有一人会修电冰箱。唯独王二懂那窍，他便对所有顾客漫天要价，许多毛病不大用不上几分钟即可修好的冰箱，他却对别人说坏得厉害，要动大手术，需等几天后才能来取。其实那几天他连看都没看一眼，等主人来拿冰箱时，他便佯装干了很久，还声称换了什么"氟利昂"，最后说看在同住一个镇子的份上，就拿 100 元吧。别人不懂，只好随他说说罢了，况且冰箱几千元，坏了会一钱不值。当然大家心里少不了诅咒，并给他起了个十分贴切的绰号——"王冰箱"。听起来好像称赞他是修冰箱能手，实际上是比喻王二的心像冰箱一样冷酷无情。

很快，王冰箱靠赚亏心钱把小家庭全副武装了：彩电、录像机、摩托……应有尽有。把小镇人气得眼珠都要爆出来。

有一天，王冰箱的摩托突然坏了。正如全镇人不懂冰箱一样,王冰箱也不懂摩托,于是只好悻悻地将摩托车推进了李四的修理铺。

C镇就这么小,懂摩托的也是非李四莫属。

李四和王二没有两样,尽靠作弄顾客发黑钱,镇上人同样毫不客气地送他一个绰号——"李摩托"。乍一听似乎赞他精通摩托,其实是骂李四要起价来,犹如奔驰的摩托,又快又凶。

此刻,王冰箱思忖,这下可栽在李摩托的手上了。他清楚地记得上月李摩托拉电冰箱来修时,自己向他多要了50元,这回他还能不想法子要回去?!

还好,李摩托没叫王冰箱几天后来取,而是立即摆出了大干一场的架势。王冰箱喜出望外。

李摩托将摩托捣弄了半个钟头后说声"好了",速度之快使王冰箱十分感激。

"多少钱?"王冰箱的手摸住了口袋里的一张"四个头"。

"看在同一个镇子的份上,50块。"

李摩托如释重负地坐在休息椅上。

"多少?"王冰箱怎么也不相信自己的耳朵,他明明看到李摩托没停一下手,少说也要七八十的。

"多了?!"

"不……我是说你收费太便宜了。"王冰箱赶紧递上50元,便同摩托一起冲了出去。

李摩托望着王冰箱离开的身影,露出了一丝微笑。

突然,摩托又调转头来。

"怎么,不好骑?"李摩托感到纳闷。

"不是。有件事觉得还是应该告诉你。上次为你修冰箱,我昧着良心多要了你50元,而你却不计较,今天收费这么低,很使我王二感动……这 50 元钱应当退还给你。"王冰箱丢下钱落荒似地跨上了摩托。

李摩托听了,犹如熄了火的摩托,呆呆地站在那里,目光定定地瞅着王冰箱。倏地,那呆滞的目光一亮,他又大吼一声:"回来!"

"有事?"王冰箱吓得关上了发动机。

"你王冰箱能说心里话,讲义气,我李摩托也是好汉的!不瞒你说,上次你多收了我的钱,我心里恨死了你。心想有朝一日要报一箭之仇。今天你的摩托没坏,只是松了一个螺帽,我故意把其他部件拆下装上……这 50 元你全拿回去,算我没修。"李摩托把刚才王冰箱付的修理费全扔给了对方。

王冰箱一愣,像突然断了电的冰箱,一声不响地立在那里。

许久许久,两人终于会心地笑了……

年底,经全镇上投票选举,王冰箱和李摩托双双出席了全市个体户先进个人表彰大会。

路口

与市中心大道相连接的一条深巷,由"个"字形的三条小巷组成。每天临近上班的时刻,三条小巷的人们便不约而同地涌向这个狭窄的交叉路口,赶公共汽车的,骑自行车的,还有徒步而行的,异常热闹。

"刘科长,早哇!"他每天从西巷出来,总要主动热情地朝东巷走来的刘科长打个响亮的招呼,甚至远离刘科长有30多米就叫开了,常常吸引着大伙的眼睛。

不知过了多久,这种呐喊声忽然消失了。

终于有一天,人们又听到了亲切的呐喊声,天天不断,只是声音来自东巷的刘科长:"王处长,早哇!"人们寻声望去,原来叫的是西巷的他。

美的发现

望着手中的票,我完全失望了!

早在几天前,就喜闻中央歌舞团来市里演出,对于酷爱文艺的我,久已盼望一睹国家级歌舞团的风采,不巧接到省一家青年报社之约,为该报赶写一篇题为《当代青年面面观》的文章,连日的采访修改,好不容易抢在下午按时完稿赶上了今晚最后一场演出。吃过晚饭,我就兴冲冲赶到剧院,可是售票口已挂了"客满"的牌子,只有几个穿黑皮夹克的小青年在人群中窜来窜去,200元的票被他们倒卖成400元。为了不失良机,多少钱我也认了。"多少排?"我问。"3排7号。"留胡子的小伙子亮出一张票。座号很适合我这个高度近视。进剧场对号时却发现是楼上的3排7号。我被骗了!我赶回售票口,那家伙早已逃之夭夭。可笑,现在的青年人,唯利是图,面前活生生的一例又为我文章中的观点提供了论据。我只好重新买了一张楼下前排的票,将楼上的那张卖给了一位穿西装的青年。真是祸不单行!因为高度近视又将楼下的那张错卖出去了。

此刻,离开演只有几分钟了,售票口早无人影,我彻底绝望了,晦气地朝楼上走去。

怪了! 3排7号竟有人坐着,难道我买的是假票?!

"同志,这是我的位置。"我有些紧张地说。

"你来了,等你好久了。你卖给我的票给错了。"原来是刚才那位穿西装的小青年。高大的身材在剧院大厅的灯光照射下,愈加显得精神!

"给!"他递给我那张楼下的票。

意外的变化,倒使我不知所措:"这??还是你去坐吧。"

"不,这座位应该是你的。"他十分诚恳地说。

演出的铃声响了,可我却在想:美,应该是当代青年的主流。我想起下午刚完稿的那篇文章,觉得很有必要再修改一次……

误

一个学期快结束了,教化学的孙老师从未叫过一次王睿的名字,这个"新大陆"被班上成绩差的学生发现了。

确实,上课提问、登台演板、检查课堂作业都与王睿无缘,而全班每个学生至少已被孙老师叫过两次,一些成绩差的学生常被孙老师的提问弄得面红耳赤,巴不得教室底下突然冒出一条裂缝钻进去。终于有人发现了全班唯一的幸运者——王睿。

此消息被同学们知道后,犹如化学反应一样,立即掀起了轩然大波：

"我听说孙老师原先同她家是邻居。"

"王睿的父亲是县里的领导。"

"孙老师喜欢女同学，男老师都是这样！"

"……"

其中考试完毕，按教务处安排，各科老师要将学生的考分以高到低排定名次并通报学生。当孙老师念到王睿的名字时候地哽住了："王……王什么？对不起，我一直忘了查字典。"

"哄！"的一声，那些曾猜测过孙老师的学生先是一笑，即刻便升起了一种沉重的内疚感。

心理平衡

每当你在恋爱中遇到挫折和在结婚后与妻子闹别扭时就会自然而然忆起那个令你心灵凄黯烦闷的故事，你恨自己当时太理智太无能太不主动就因一念之差而葬送了可能蛮幸福的家庭。

那是一个不要知识没有高考参军光荣当工人万岁下放倒霉的年代，你高中毕业后因独子按政策不下放留城父亲用了十八牛四虎之力找后门拉关系送厚礼才把你弄进了一个县办工厂，在工厂里你结识了家庭地位高本人相貌出众的县长千金和敢做敢为风度翩翩一表人才的德强。工人都是从农村招来的而家住县城的只有你们三人，这样你们上下班就在自行车上谈人生谈理想谈奋斗谈荣誉谈委屈唯独没有谈爱情。节假日你们一起郊游打鸟钓鱼玩扑克搓麻将看电影侃大山，彼此间纯洁得如春天的湖水如洁白无瑕的美玉算不上青梅竹马也可谓是"三小无猜"。后来的岁月里不知哪一天你感觉你和德强同时爱上了她而她也同时喜欢上了德强和你，于是你们三人都觉得尴尬开始若即若离单线联系互相照顾情绪。你爱她不是爱她的家庭和美貌而是爱她的成熟爱她的为人处世爱她的平易近人，你想德强也是如此。可你毕竟高中毕业而德强初中毕业还差两个月在道德上你比他懂得多，于是你故意回避他们不再同他们在一起忍痛割爱把她让给德强。有天她找到你说你不是男子汉是冷血动物，要知道这是一个竞争的年代包括竞争爱情。你无言以答凄楚地笑了笑你只知道这不是一女可以嫁两男的原始社会的母系时代。后来他俩结为伉俪请你喝酒你喝的多得使全桌人叫你酒仙，回家后一股酸涩的悸痛从心头升起你像红楼梦的林黛玉一样哭得泪流满面,那流出的泪水是你二十年泪水的总和,你好伤心好悲怆心儿在舌尖上悸颤觉得这辈子再没有什么幸福可言只会痛苦一生。

碰巧那年遇上恢复高考制度你一气之下考上了大学远走高飞眼不见心不烦，然而你感到自己仍然在烦他们太幸运烦自己太蹩脚烦你的幸福被德强夺去。后来的日子你不能看恋爱电视爱情电影言情小说更不能听到别人讲催人泪下的鸳鸯故事,那样会使你想起他们的幸福本该是属于你的使你几天无食欲一星期不说话半个月睡不好觉一个季度情绪不好。

大学毕业后你分回县城不久找到了上帝为你安排好了的妻子和天堂为你准备了的儿子，过着有时诗情画意有时平淡无奇有时不痛不痒有时酸甜苦辣俱全的小家庭生活，但你始终没有挣脱羁绊的灵魂时不时地想起那本该是你的她你却让给了德强让掉了终生幸福。

有天你从别人口中得知她和德强离婚这件轰动全县的爆炸新闻你心里猛然一抖，你经多方面取证多层次调查多角度询问证实此事千真万确，同德强熟识的人说是她长期在外跳舞夜不守舍影响了夫妻生活；同她熟识的人说他在外玩了一个排多的女人作风不正家庭难以维持，你却以为这是因果报应因为本该不应是他们的结合和她结合的应该是你。

他们爱情崩溃而你生活平稳使你煞是痛快心理得到了极大的平衡，后来你过着蛮舒心的日子再也不想那个开始"三小无猜"接着同时相爱后来你一人痛苦最后他俩分道扬镳的故事了。

无　题

"哎呀！我家门口的皮鞋不见了！"天刚亮，不知从哪家爆出的声音震撼了大楼。

坐落在县城郊区的这栋宿舍楼，居住着十多户人家，它不像城市里独门独户的商品楼那样，造成人际关系淡漠，而是走廊相连厨房相通，酷似一个大家庭。平日邻居关系十分和睦，各家的小杂物都挂在自家的门前，从未丢失过。

楼房里的人们都被喊声惊醒，纷纷拉开了家门检查门口的东西。

"我也丢失了一双皮鞋，还是上星期买的。"

"我刚穿上一天的袜子也没有。"

"我掉了一把自动伞。"

"这小偷，晒衣架也要。"

"我倒霉了一件白衬衫。"

"可恨，昨晚洗的一套西装被取走了！"

王二嫂听到喧哗声，腾地跃起夺门而出，她仔细观察后发现自家的东西完整无缺。

此消息即刻传遍了整栋楼，所有受害的人家闻讯而至。大家怎么也不会相信，小偷只给王二嫂家发慈心，于是便帮王二嫂一起回忆门前搁置的东西。可捉摸了半天，王二嫂家门前的东西还是一样不少。

大家简直不可思议。

当王二嫂转回屋时，看到屋里的电灯还亮着，突然喊道："昨晚我忘了关灯，房门也没关，刚才我冲出来时门就是开着的！"

众哑然！

周　末

又一个周末到了，她十分寂寞。

寝室里的人都走光了。有的去教室给亲爱的写足有十多张纸的恋爱信，有的正与同班的男朋友挽手散步在闹市上，家住市里的更是急不可待，上午一下课，寝室都没进，就赶车见丈夫去了。现在只剩下班上年龄最小的她了。

她从一所县城中学考进省成人教育学院进修已一个多学期了。远离双亲,只身在外,从一名教师突然就变成了学生,虽然会感到不习惯,但当初房间里几个活跃的女伴,倒也使她快乐地度过了周末。现在,她们已经都有"主"了,一到周末便离开寝室,直奔心上人的怀抱。其实她并不比她们差,虽然五官长得并不出众,她的气质、思想深度,还有当年在中等师范学校当学生时学到的一手绘画本领,都是班上男同学羡慕不及的。她清楚地记得,刚进学院报到不过十天,就有一位大胆的男同学向她递了一张纸条,对这位一点也不了解的冒昧者,她当然不答应。后来她突然患阑尾炎痛得栽倒在课桌底下,班上一米八五的篮球"中锋"立即背她上医院动手术,事后每天下午都到医院探望她一次。出院后,"中锋"主动把上课笔记给她抄,当她感激他时,他提出了"交朋友"的要求,弄得她极为尴尬。他虽然有一个让姑娘羡慕的魁梧身材,但他没有对事业的追求,除上课外,她很少见他看书,他曾说上教育学院就是为了捞个文凭。昨天班长也向她表露了爱情,她蛮喜欢他,但又感到班长身上缺少男子汉的大方和幽默的气度。她矛盾极了。

此时,她关上房门孤身坐在床沿,看到同伴的一张张空床,一种少女的情愫突然涌起。她多么渴望现在也有一个心上人热烈地拥抱自己,她倒在他怀里,闭上双眼,让他任意亲吻,进入爱的极乐世界??其实,这对她来说是唾手可得的。她只要向对方的求爱点个头就行了。她想起了班长,俗话说:"金无足赤,人无完人。"走,找班长去!这样今天和今后所有的周末再也不会孤独了。她毅然拉开了寝室门。

但她又突然把门关了,理智刹住了她的双脚。班长毕竟不是她心中的偶像,她需要有自己理想的人,为了真正的追求,为何不可再等待些时间呢？她缩回了脚，终于从书包里拿出了书，她坚信这样的周末是会很快过去的……

鸳鸯湖

　　铁柱读大学放暑假回村已十多天了，就是一直都不敢见也在家度暑假的菊花。

　　铁柱和菊花都是鸳鸯县鸳鸯乡鸳鸯村人。村里人旧社会大都是从四面八方讨饭过来的，没有血缘关系，鸳鸯村离鸳鸯县很远，偏僻，村里人很少与外界联系，同村的人结婚就成了一件很自然的事了。

　　铁柱和菊花从小在村里长大，一起玩耍，后来都暗自喜欢上了对方了。

　　铁柱爱菊花的纯朴和美丽；菊花喜欢铁柱的憨厚和壮实。

　　当他俩正初恋时，同时接到了大学录取通知书：铁柱考取北方一所学院，菊花被南方一所大学录取。

　　上大学前分别的那天，他们相约在村旁边的鸳鸯湖。铁柱信誓旦旦，菊花海誓山盟，都发誓要像湖中的鸳鸯一样对爱情坚贞不渝。

　　可现在的铁柱想起当年的誓言怎么也不敢向菊花开口，怎么办呢？但这样拖下去也不是事，父母和村里人都知道我俩的恋爱关系。咦，菊花怎么也不找我呢？

　　铁柱终于下定决心，约菊花到鸳鸯湖。

鸳鸯湖已成为旅游点,他俩叫了一个小船在湖中荡漾。鸳鸯湖两岸布满了成双结对的鸳鸯,嬉戏玩耍,自由自在。

船工一边摇船一边指着鸳鸯说,过去许多教科书上都记载鸳鸯是动物里对爱情最专一的,永远是原配的一对,文学作品中也赞扬鸳鸯的高尚爱情,一方死去另一方会痛哭流泪,终身守孝。其实鸳鸯是最花心的动物。

他俩顺着船工的手仔细看去,果真看似一对对相爱的鸳鸯,其实都在经常变换着同伴。

船工说这也没什么,几十年了,看惯了。动物和人一样也会爱周围的环境而改变的。

船游到对岸了,他俩下船了。

铁柱鼓足勇气说,回家一直不敢见你,是因为我做了件对不起你的事,我上大学后爱上了同班的一个女生,她漂亮,成绩又好,还经常帮我洗衣。而我俩长时间不在一起,空间和时间让我觉得我们过去的情感已经陌生了。菊花,我请求你的原谅,你打我都行。

菊花开始一怔,后来乐了,笑了。

铁柱急了,菊花,你别笑,这是真的,不是开玩笑。

菊花说,我也要你的原谅。这么多天我不同你联系,也是因为大学同系的一个男生喜欢上我了,他呵护我,每天下课后帮我打好饭,我一个女孩在外需要有人关心,而你却远离我做不到这些。

铁柱也是一怔,然后长长地舒了一口气说,祝福你!

也祝贺你呀! 菊花说。

铁柱说,我有一个想法,明年学校放假,我们都把各自的朋友带回村来见见面好吗?

菊花说,好啊,我也有一个要求,以后我们都要出席对方的婚礼。

我肯定会的。铁柱说,我们可以最后拥抱一次吗？

菊花笑了。

他俩最后一次紧紧拥抱在一起,是快乐的,也是永恒的……

金相架

他

下班回家后,他为了一件极烦恼的事与妻子吵得死去活来,以至于他举起手要扇妻子的耳光。蓦然他克制了自己,改变了手的方向,用抬起的手取下了挂在墙上的结婚照相框,狠狠地摔在地下,顿时相框玻璃变成了一个蜘蛛网,把他和妻子荡漾着新婚快乐的笑容支离破碎,他觉得还不过瘾,接着将相框扔向了对面的垃圾箱里,他感到了一种胜利后的喜悦。可是晚上睡在床上突然感到自己似乎有些过分,他想从垃圾箱里捡回相框,然后向妻子赔个礼,但那样会失面子,不像个男子汉,他度过了一个不眠之夜。

她

丈夫摔掉结婚照相框的举动深深刺痛了她的心,意味着刚建立起来的幸福家庭面临着破裂,这对一个女人尤其是新娘来说没有比这更痛苦的事。没料到婚前温和的丈夫婚后却如此狠心,她好伤心,决计不理丈夫,她在床上辗转反侧了一夜。熬到天亮时她突然想起那个相框里的金边架,那是出嫁时母亲将祖母留下的唯一家产——几钱金子打成与相框一样大小的金架镶在相框内,送给自己作为陪嫁的最贵重的礼品,意为祝愿自己和丈夫的爱情如金子般纯真。她想到那金架价值千元,忽地跳下床拉开了房门。

它

结婚照相框被扔在垃圾箱后,度过了离开主人的孤独一夜。天刚发亮,它就看到一个提着篮子的老头来到了垃圾箱旁,它看到身上灿烂的金光照得老头两眼发亮,喜上眉梢,它庆贺老头拾了千金,交了财运。可是老头端详着幸存的结婚照,思索片刻,便朝它主人家走去,把它放在它主人家的平台上,然后转身离去。它迷惑不解。

?

她冲出房门,惊奇地发现结婚照相框放在平台上,虽然玻璃破碎无已,但她和丈夫相片仍然完整无缺。一定是丈夫感到理屈偷偷把它捡回来了。她想到丈夫回心转意了,便高兴地喊来了他,可是丈夫给她否认的回答。那是谁干的呢?他和她都感到蹊跷。突然他俩几乎同时发现前方有一个熟悉的身影,那人边朝前走边回头朝他俩笑着。他俩终于看清了,那是县金属回收公司的钟老头。他每天都要提着篮子走遍全县的所有垃圾箱,拾回公司应回收的东西,人们常常在报上看到他的先进事迹,可是他一辈子没结过婚。

他俩看着钟老头的背影很纳闷,为何从事金属回收的钟老头不收价值千元的金相架,而将它送回主人的平台上?

不过,结婚照相框又重新挂在了他俩的新房里。

两个年轻人和一个收废品的老头

"那堆旧鞋子你拿哪去了?!"一进门,他便遭到妻子劈头喝道。

"卖了。"他爱理不理,还在恋着那赌博台上滚动的骰子。

"你?!那里面有三千块钱!"

"什么?!"

"我们的存折就放在那堆旧鞋里。"

"啊?!"他像被打了一闷棍。

今儿星期天一早,门口就响起了"收废品啰!"的叫喊声。他正愁今天没钱上赌场,心里憋得慌,听到这喊声,计上心来:何不趁妻子出门买菜之机,找几个破烂换些钱,也好去赌场过个瘾。他把屋子寻个遍,终于翻出了一堆不能用的旧鞋,掂掂量,卖不到几个钱,顺手将一个小铁块塞进鞋子里,便夺门冲了出去。"八斤三两,两块四毛九。"收废品的老头看着秤迅速报出了价钱。"就给二块五吧。"他近似乞求地说。"不行,买卖公平。"老头固执地说。他带着欺骗后的快慰直奔赌场,可第一个回合就输了……

"你怎么把钱放在旧鞋里!"他责怪她。

"还用问我,要不是你赌博,我会……"妻子眼里盛满了委屈的泪水。

他心里很明白，不能怨妻子。自从沾上了赌博的嗜好，他忘掉了家庭，忘记了新婚的妻子，输完了整月的工资，又从存折中取款再赌。有次一取出五百元转眼输个精光，妻子骂了一夜，可天刚亮，他又要拿存折。无奈，她只得将存折收藏起来。

"你还认得那老头吗？"妻子擦着眼泪说。

"当时只图早点上赌场，谁去记他啥模样。"他想了想，"就是认出了，他也不会承认。老头算计得很，一分钱也不多给。"

两人对视，木然。死一般的沉默。

"有人吗？"

是老头的声音！他喜出望外，立即打开门。

"同志，你们丢失了存折吗？"老头问。

"对呀，您老……"妻子从沙发上弹起来。

"我回家整理废品，从一只鞋里掉下来一个存折。鞋子收得多。记不清是谁家的，我拿着存折到储蓄所才查到了地址，这就送来了。"老头脸上的每道皱纹似乎都带着微笑。

两个年轻人接过存折，高兴得不知所措。

"我再也不去赌了。"

"我也不藏存折了。"

他俩真想像新婚那样拥抱。只因旁边站着……咦！老头咋不见了？

"收废品啰！"老远又响起了老头的叫喊声。

他忽然想起了那个铁块，一种强烈的内疚充塞心头，猛然拔腿追了上去……

丁大肚

丁大肚在市一家银行工作，他原名叫丁一，因为他隆起的肚子像银行里装满了钱的保险柜，又大又沉，于是大伙送了他一个绰号："丁大肚"。

平时他挺着肚子往人家面前一站，准被误以为是哪来的厅级干部。有几回他随行长出外联系业务，对方总是迎上来先同丁大肚热情握手，把行长冷落一边。冬天，丁大肚的肚子被大衣紧紧裹着，犹如一个怀了八个月孩子的孕妇，只是丁大肚只"孕"不"生"；夏天是胖子的灾难季节，丁大肚怕热，喜欢穿西装短裤。全市所有商店买不到他三尺三腰长的裤子，他便扯布到裁缝店里特做。丁大肚系裤子不习惯用皮带，吃饭后肚子要大一寸，放松皮带不太方便，他的西装短裤全是用松紧带，松紧带用久了会松，丁大肚爱把衣服扎在裤子里面，那围在大肚上的西装短裤给人一种摇摇欲坠随时都有掉下的错觉。同事们常取笑道："当心裤子从大肚上掉下！"丁大肚却胸有成竹地说："诸位放心，我这是故意制造悬念。"

这年头要算银行单位经济活。丁大肚的银行为了丰富职工生活，多给大家一些实惠，经常举办多种形式的文体活动。丁大肚在肚子还不大的年轻时代是全市的短跑健将，如今肚虽大但跑起来仍然威风不减当年。每年的职工百米短跑比赛，他都是第一个冲到终点，使得与他一同起跑的运动员集体向裁判员提出抗议,说丁大肚的成绩不实,他在冲线时肚子比任何人都占了两秒钟的便宜。单位搞舞会,规定凡带爱人参加者一律发两份纪念品,他带妻子去了。丁大肚先同妻子跳上一曲,后来别人请他妻子跳,他也邀了一位女同事翩翩起舞。舞会结束后,他兴冲冲抱回两份纪念品,不料却遭到妻子的一顿臭骂:"老实交代! 你与那女人啥时好的?""怎么了?"他感到莫名其妙。"还装蒜! 你干吗把那女人搂得那么紧?! 大庭广众之下身子贴身子,多亲密呀! "丁大肚这才恍然大悟,是他的大肚招来的祸害。

好心人总劝丁大肚要注意节制,少喝啤酒。这委实冤枉,别说啤酒,什么酒他都点滴不沾,喝一口酒会头昏几天。他肚大的唯一原因是爱吃大块大块的肥肉, 一天不食肥肉如同烟鬼没抽烟一样难受。好在丁大肚还不抽烟,要不然一个月的工资还对付不住买肥肉。有次丁大肚在报上看到爱食肥肉的人会患许许多多的病,甚至丧生,丁大肚着实慌了,他试着一天不吃肥肉,当时也不感觉什么,可是到了晚上,他肚里挖得慌,在床上辗转反侧睡不着,与他同床共枕的妻子剜了一勺猪油过下锅,丁大肚端起猪油一饮而下,顿时一觉睡到天光。后来他逢人就说:"我丁大肚宁愿吃三十年的肥肉,也不愿吃六十年的咸菜。"

丁大肚不沾酒按理不便参加宴会,但宴会只要有他的份,他一次也不落下。人家喝酒,他喝肉里的油汤。遇到有人敬酒他以油汤应付,对方不从,丁大肚索性拿出看家本领,同敬酒者打赌:你喝一杯酒,我喝一勺油,看谁制服谁! 结果酒量再大的人也在丁大肚面前一败涂地,连呼:"敬佩! "

有次,同事告诉他,市里有家专治大肚的医院,只要割除肚里的板油立即见效。丁大肚当场谢绝好意。人家吃千吃万无非是想身上多长几两肉,我丁大肚有福,肚子上这么多肉,岂可随便

"贡献"。

一天，轮到丁大肚值晚班。子夜时分，他听到营业厅有响动，感到情况不妙，翻身下床一看：原来有人偷银行！他大呼一声："住手！"那人拔腿就逃，丁大肚以百米冲刺的速度紧追不放："抓坏人啊！"那人狗急跳墙，抽出匕首不偏不倚正刺在大肚上，顿时一块红烧大肥肉连同鲜血流了出来。丁大肚紧抱大肚，终于同赶来的同事一起抓获了行盗者。

丁大肚被送进医院，医师说那匕首有锈，可能会造成伤口恶化危及性命，唯一的办法是切除大肚。丁大肚先是不从，后思量再三还是同意忍痛割爱，他想多活几年就可以多吃的到几年肥肉，动手术那天，丁大肚哭了整整一天，不是因为伤口痛，而是实在舍不得与他朝夕相处的大肚。

市政府表彰丁一奋不顾身保护国家财产的英雄事迹，授予他市级劳动模范光荣称号，丁大肚不以为然，他感到欣慰的是，尽管大肚已经切除，但人们仍然称他为"丁大肚"。

船员与寡妇

青年男女的第一次约会，大都是羞涩、激动、神秘的，而他俩此刻却揣着担心和不安。他们相对无言已整整半个钟头，无言的沉默并不能给他们带来心灵上的慰藉，他们谁也没有勇气首先开口。这并不是人们所说的那种"此时无声胜有声"的情意绵绵的意境，而是他们都怕对方知道自己的"隐患"，坚守着"红娘"的诺言。

　　昨天"红娘"通知他们第一次见面时,再三叮嘱:初次见面不要露"底",待以后建立感情后再摊牌。他们深知"红娘"的好心,没有忘记过去的教训。他,今年三十挂零,待业多年,去年好不容易顶父亲职,分配在赣拖轮上当水手。人们连续给他介绍三个姑娘,像自己这样长年累月在水上漂的"水鬼",有时一年半载都难以回家,哪个姑娘不想有个美满幸福的家庭?她,二十加八,一名县办厂的普通工人,丈夫两年前死了,丢下一个两岁的女孩。红娘两次帮她做媒,都因"已婚有女"之故而被对方谢绝。她愈来愈渴望生活中有个帮手。

　　此时,他们内心有一种共同的渴求,一种共同的惶惑和忐忑不安的焦灼心情,他们各自思索着表示爱慕之情的词语,等待对方嘴里蹦出哪怕是一个字来。气氛异常紧张。他从来没有和女人在一起静坐过这么长时间,他憋得很难受。简直抑制不住了。一年多的船上生活,使他养成了船员们的直爽豪迈的性格。他爱工友们,更爱船员职业,怎么能为获得一个女人的爱而违心地隐瞒自己的职业呢,何况船长曾对他说过,东方不亮西方亮,黑了南方有北方,世上毕竟没有打光棍的船员。他猛然站起来,冲出了第一句话:"我是船员,在拖轮上工作!"

　　"啊!"果然不出"红娘"所料,她惊叫一声,随声站起。条件反射使她想起了丈夫,而现在又找一个水上漂的船员,长期在外等于没有家庭一样。她愣住了。

　　"不愿意我就走了。"他憨厚地说了一句,转过身,准备结束这难堪的局面。

　　然而,她爱自己的丈夫,当然爱像自己丈夫一样职业的船员。她随口问了句:"你在几号轮上?"

"赣拖 121 号。"他回答道。

"啊!"意外的巧合使她更为震惊。

他像犯了不可饶恕的罪过一样深感内疚:"对不起,是我欺骗了你,我走了。"

"等等,我也欺骗了你,我是结过婚的女人。"她终于鼓起了勇气。

"啊!"他发出"啊"的声音比她要高得多,他转过身来,看到她眼睛里有一道奇异的复杂的亮光在跳动,一双又大又圆的眼睛正虔诚地望着自己。他感到太意外了,命运怎么这样捉弄自己?他要问清事实真相:"你丈夫现在在哪?"

她忧郁地望了他一眼,盈盈的泪珠涌上眼眶:"死了。"

"哦?怎么死的?"他十分愕然。

"……他就是你船上的王德鸿。"

"是他?!"他清楚地记得上船报到的第一天,船长把他带到挂在驾驶室里的王德鸿遗像前,讲述了老水手长牺牲的经过:两年前的腊月二十八,出船四个月的王德鸿随船回家过春节,拖轮正欲靠岸,突然传来呼救声,原来是一对母女上客轮时,不幸滑入河中。老王闻声抱住一个救生圈,跳入刺骨冰心的鄱阳湖里。他把两岁的小女孩托在救生圈上,让女孩的母亲抓住救生圈,自己在水中用劲推着救生圈。当他拼尽全力把母女俩推上岸时,自己却两腿抽筋,沉入水底。老水手长连刚出生两个月的女儿也没见一面,便告别了妻女……"小李啊,你不但要把老水手长的技术学到手,更重要的是要学习他舍己为人的崇高品德。"

船长的话再次引起了他的思索。当初他曾为老水手长的事迹所感动,现在又为他的家庭不幸感到同情,面前的女人又是如此真诚善良。

"你还愿嫁给一个船员吗？"他试探性地问。

"你难道不嫌弃我结过婚？"她反问道。

两双眼睛深情地凝视着，像干渴了许久之后喝着救命的泉水。他们几乎同时坐下，要互相倾吐许多许多的知心话。

旁　听

他的手机又响了，他极不愿意经常接这样的电话。

上月他的小说获全国大奖后，许多刊物接踵而来为他开辟了个人作品专栏，专栏里留下了他与读者沟通的手机号，谁也万万没有料到，立刻有成百上千的读者采用各种通信工具同他联系。他收到了全国各地崇拜者的一百多封来信，二百多个电话，三百多个信息。大到 74 岁的老头，小到 12 岁的少女，有谈文学的，也有谈爱情。他开始出于礼貌都一一回了，可后来筋疲力尽，只能叫上自己在大学读书的儿子替自己回信了，每封信都是按照他说的统一格式写的，后来儿子写累了，极不愿意写这样的信，他就奖励儿子，每回一封信奖励 10 元。他最后只从众多的读者中筛选留下了几位。

她就是被他选中留下继续交往的其中一个，原因是她和他在同一座城市，交流方便。当他第一次见到她时，他发现所有美女应该具备的年轻、美貌、品味、气质都被这个女孩占有了，他感到她就是自己许多作品中所描述的最完美的女人。他一见钟情地爱上了她。

可令他没有想到的是,她射出的丘比特之箭更加迅猛,她说从小就崇拜作家,你是我一生中追求的偶像!她奋不顾身地紧紧地抱住了他。

他同她闪电般的速度相爱了。他俩爱得死去活来,爱的谈婚论嫁了。她不顾他有妻有子,毅然要同他结婚。他也不顾两人有20多岁的悬殊,坚决要同老婆离婚。

……

手机又响了,他不耐烦地按下了接听键。

对方传来一位四十多岁中年女人的声音,凄苦、悲凉,略带冲动:我决定要见你,给你讲一个我从没有告诉任何人的故事!

他听多了许多陌生人同他打这样类似的电话,可这次他被这种特殊的声音吸引了,他破例答应见这位女人。

他带着她在咖啡厅见到了打电话的女人,女人的脸上明显留下了年轻时漂亮过人的痕迹。

女人见了他,又看了看他身边的她,许久没有讲话,迟疑片刻终于开口了,我是鼓足很大勇气才打电话给你的,因为刊物上你憨厚的照片首先给了我的安全感。我有一段撕心裂肺的经历,我想请你把我的经历写成小说告诉全世界所有的女人:

20年前X是一个普通工人,我没有嫌弃X,和X相爱后,我父母坚决不同意这门婚事。我是独女,但我还是不顾家人反对同X私奔了。结婚后我全心全意鼓励X创作。谁知X很有灵气,诗歌一下子就写出名了,于是身边多了许多崇拜X的女孩,有些交往甚密,我制止过多次,同X吵过还打过架,X仍然我行我素,为了这个家,我只好睁只眼闭只眼,后来X终于选择了比自己小20岁的女孩,公开露面并和她同居,最终同我提出离婚。我真的很爱X,想留住X,也想保全这个家庭,我多次选择了割腕自杀来表示我的真情,想 X 回心转意,但都无济于事。我们终于离婚了。X 同那女孩结婚那天,我痛苦到了极点,想一死了之,跳河自杀,却被岸上的好心人救起。事情虽然过去十几年了,但我不想放过这个忘恩负义的陈世美,我要告诉天底下所有女人们:女人找丈夫一定要找爱自己的,千万不要找你爱他而他并不爱你的。这世上男人没有一个好东西,受苦的全是女人。现在我一想到过去的事就一个人以泪洗面,呜……

他听得很虔诚,她听得很投入。

听后,他和她再也没有心思在一起了,都带着女人说的故事各自回了家。

一个月后,他按照那女人述说的故事写成的一篇小小说在一家大型刊物上发表了,引起了文坛上的轰动,并获得该年度全国最佳小小说奖,而她却永远地在他的面前消失了……

信的风波

她决定等他睡了,再拉开他的抽屉,找到那封信,然后把他叫醒,大动干戈。

今天是星期天,她洗衣服时,从他的衣服里搜出了一封情书,里面还有一张长得比她既年轻又漂亮的姑娘照片。对方在信上说如何如何地爱她的丈夫,署名是"张成"。这个名字她并不陌生。一年前,丈夫的一个中篇小说在某刊物上获奖后,收到了许多业余爱好者的赞扬信,他都一一写信回谢了,唯独"张成"同丈夫通信保持到至今。她看到"张成"是个男性的名字，而且每封信都主动给她看过，尽是些求教，或者讨论什么文学思潮、流派的，也就放心了。可她压根儿没想到"张成"是个姑娘，竟来信说爱上了自己的丈夫，更令她恼怒的是，今儿一整天他没吭一声，下午还钻进书房写了些什么，好像还拿了一张照片塞进信封里。她的心碎了。为了他写小说，她包揽了整个家务，付出了无代价的牺牲，如今出名了，他倒有了新欢……望着躺在身边的丈夫，她恨不得用双手挖出他那颗失去良知的黑心。

她确信他睡熟了，蹑手蹑脚下了床，朝书桌探去。拉开抽屉，信封上"张成"两个大字，如针一般的刺着她的双眼。猜测的一切都证实了。她迫不及待地抽出了信，一张照片滑了出来，那是她和丈夫还有小宝的三人全家照。她怔住了，急忙翻开信：

"张成同志：

我一直不知道你是女性，更没想到你爱上了我，我很感谢你。但是我早已有了一个幸福的家庭，实在对不起，让我们永远作为'文友'吧。

寄上全家照一张，以此作个纪念。"

她如梦初醒，脸上漾起幸福的笑容。蓦地，她感到新婚般的快乐，猛然扑向丈夫，在他的脸上发狂地吻着……

女孩又来信了

自《教师报》发表了我那篇《青春献给崇高的教师职业》的文章后，竟有许多女孩给我来信，这是我预料不到的。

粉红色的信封下沿分别写着十多个省二十多个市三十个县四十多个乡的陌生地址，大多是在大中专读书的时代宠儿和不甘寂寞的民办教师。信中赞美我无私的奉献精神，要我收下她们做学生。这很使我受宠若惊。

其实，我并没有她们想象中的那么好。那是我小说编不出来，胡诌几句捞几元稿费而已。我在文中炫耀了两点：一是发愤数年终于考上了本科分数线却填上师专当了教师（其实那时我考虑的是没人报师专，这样可增加录取的保险系数，当然这点我没在文章透露）；二是师专毕业到中学后放弃了几次进省府的良机（那也是因为需要一个安稳的环境，上完课一身轻松关起房门编小说，当然这点也没在文中提及）。

我把女孩来信递给了妻子，像过去收到其他信件一样。

妻子眼里的瞳孔逐渐扩大。以前给的信她从没有这么认真过。

"怎么？都是女孩来的！还自报'芳龄十八'"。妻子阅完信后酸不溜秋地说。

吃醋是女人的天性。为了避嫌，我当着妻子的面给女孩们回信。我想在信中着重表明自己有一位漂亮的娇妻和一个爱得不能再爱的儿子,但对方又没谈及此事,写这些合适吗?妻子又会怎么想呢?于是千篇一律地写了几行客套话。事后,我后悔没请打字员打印几十份,那样要省事得多。

我把所有的回信和盘托出地给妻子过目,嘴里还解释道:"这是礼节。"妻子当仁不让地接过去——审阅,那架势犹如她是首长我是首长的兵一样。妻子把信还给我时脸色要好看得多,我看暴风骤雨总算过去了,才敢拿着信朝邮局款款走去。

谁料不出几日,粉红色的信封与日俱增。除我回信后又接到对方回信外,还有新的女孩来信。

不能再让妻子知道,以免承受不必要的心理负荷。虽然来信内容仍然十分"健康",但上次妻子的反应很使我尴尬不已。

我把女孩来信藏在万无一失的稿纸袋里。妻子平日很尊重我,从不随便翻我的书桌抽屉。

趁妻子不在家时,偶尔翻出粉红色信封蛮激奋人心,异性相吸乃动物之天性。于是又礼节性划上几字,不能伤了把生活看作比诗还美的少女的自尊心,但内容依然极其纯正,我敢对天发誓。

一天,下班刚进家门,妻子黑着脸冲着我吼道:"我哪点对不住你,你说!"

"你这是……"我十分愕然。妻子一直对我很好,结婚几年从没拌过嘴。

"那你为什么要做对不起我的事!"妻子咄咄逼人的架势我还是第一次见到,让我毛焦火辣。

我似乎意识到什么,朝书桌望去,抽屉被翻!我的汗毛"全体肃立!"

"啪!"妻子把一摞信摔在桌上。"你这个没良心的东西!我以前还以为你老实、正派,瞎了我的眼!"妻子竟嘤嘤地呜咽起来。

我感到事态的严重性,慌不迭地扶住妻子的双肩:"佳丽,你听我解释,我是怕你生疑心,才把信藏起来。其实我和她们的通信没有任何见不得人的。这不,你不都看过了吗!"

"树正不怕影子歪,没做亏心事你藏信干吗?"妻子毅然拂去我的双手义正词严地说。

"我是……"我觉得理屈词穷。

"你以为女人都是小心眼吗?上次你把信给我看了,我又对你怎么样?现在倒好,把女孩信偷偷藏起来,你安的什么心!!!"那语气至少可以打三个惊叹号。是啊,上次又能指责妻子什么呢?究竟谁小心眼呢?我无言以对。

后来妻子好久没理我,我感到一种理不清的惆怅,空洞而孤独的感觉侵袭全身。

我决计再也不写那样赚稿费的文章了,我怕女孩来信。

赌 气

晚上,他和她为一件不起眼的小事吵了几句。

上床后,她打破每晚揽着他脖子的惯例——背向着他;他一反每夜搂着她腰间的常态——背朝着她。两人以往的"O"形被"X"形代替。

婚前,他一直依着我,好男不跟女斗,现在他应该先向我妥协,她想。

婚后,夫妻首次"交锋",男的一定要占个上风,否则将永远是"妻管严"。他曾听过来人这样说过。

她等待着他由左转向右。

他希冀着她由右转向左。

缄默的十分钟过去了。

难熬的半小时过去了。

对方都没有人睡,双方都从自己高度警觉的神经末梢中感觉到。

从小就按医学说法右侧睡觉十几年的他,左侧怎么也睡不着。他鼓足勇气,终于由左转向右,同她构成了"CC"型。

"这才是我的好丈夫!"她欣喜若狂,由右转向左,同他组成了"O"形。

"我可没向你妥协。我右侧睡惯了,左侧睡不着。"他毫不示弱地声明道。

她觉得比当初更气,又同他构成"CC"型。

不到五分钟,他发出了悦耳的鼾声,而她却彻夜不眠……

归　宿

他和妻子吵了一架,吵得面红耳赤,以至于恨不得即刻就离婚。

单位有个赴省城出差的差事,他一跺脚去省城找她。

他打算到省城向她倾吐婚姻不幸，然后忏悔当初不该拒绝她的爱情，最后发誓与妻子分道扬镳后就同她结为良缘。

风驰电掣的列车把他的思绪拉回到一年前的岁月。那时他在省城成人高校进修，遇上省文联办了一个小说创作讲习班，他酷爱写作，报了名，并被老师安排和她同桌，每晚的相见、交谈，使他俩由相识到相爱。在全班数他第一个发表小说的那天，她向他射出了丘比特之箭。尽管她爱他身上所具有的一切特点，但他还是告诉她小镇上有自己的妻子和儿子。她却全然不顾，发誓要跟他。他始终没松口，那样不道德。毕业时他把爱情火焰压在心里，忍痛割爱告别了他留恋的省城。回小镇后，他揉碎了她几十封充满情意绵绵的情书，同时也揉碎了自己的心。他没有给她回过一封信，而是把对她的全部情感放进了自己的小说里……

火车终于到站，他第一个冲出检票口奔向电话亭。

不在，她旅行结婚去了。电话里的回音犹如把他扔进了万丈深渊！

他木然，心底涌出的痛楚叫他想哭。

他在街上漫无目的地走着，简直像大海浪中的一只剧烈颠簸的小舟。

他开始恨她。

他想还是要好好地爱着妻子。

他记起妻子在吵架中说他心中从来没有她，列举了出差时从没有为她买过一针一线。于是他走进商店不问价格买了一件女式羊毛衫。

回家后他把羊毛衫默默地丢给妻子。

妻子的泪水把抱在怀里的羊毛衫打湿了一片。

后来，他和妻子再也没有吵过架。

妻子，举起了酒杯

　　若不是太阳照在床上也许还醒不来，我昨晚同妻子吵了整整一夜。

　　头痛，耳鸣。似乎还记得梦中的妻子弃我而走，将我孤零零地抛在一个荒岛上。唉！要是发生的一切也是场梦就好了。

　　我用惺忪欲睡的眼望了望墙上的挂钟，已近中午时分。妻子呢？莫不是真的出走？橘黄色的窗帘、猩红色的地毯，此刻在我眼里却是一片灰暗。我拖着缓滞和沉郁的步子踱到书桌边。蓦地发现写字台玻璃板里压着那张彩色照片！怪了，明明昨晚自己亲手把这照片撕得粉碎，怎么又奇迹般地出现了？

　　昨晚周末，妻子按惯例打扫房间时，从我的书稿中发现了这张我和一位陌生姑娘的照片。我连忙向妻子解释，这是上月一篇小小说获奖赴省城参加颁奖大会，在那里结识了许多文学朋友和编辑。照片上的姑娘拿着相机要我帮她和某杂志社的一位编辑合个影，随后姑娘为了答谢我的"劳动"，也要同我"咔嚓"一下。平时与异性保持一定距离的我惊吓得无所适从。推辞换来了姑娘更火热的要求，我和她最终被那位编辑糊里糊涂"编辑"了一张。事后我的心一连跳了几天。不能让妻子看见，不然跳进鄱阳湖也洗不清。我真想把它毁掉，转而一想有点残忍，毕竟相识一场，留作个纪念，何况也没有做任何对不起妻子的事。于是我把照片藏在书稿里。"没有感情的一男一女会在一起合影吗？如果我与别的男人单独照相你会怎么想?!"妻子非但没有接受我半点解释反而问得我结口瞠目。我据理力争,就差没把心掏给妻子看,终于理屈词穷,当妻子的面将彩照撕得片甲不留……

"也知道起来呀,是不是同照片上的姑娘梦中相会?"妻子笑盈盈地从厨房里走出来。

"你?!"我指着玻璃里的照片说:"这是怎么回事?"

"给你作个纪念呀!"妻子娇嗔地说。

"不……"我愕然半晌,突然提起了玻璃板。

妻子抢先拉住我的手:"昨晚是我不对。夫妻间应该允许对方有异性朋友。再说就是有事,撕了相片却撕碎不了你的心呀,所以我今天赶早拿底片到照相馆重新为你快洗了一张。"

"这……"我如释重负,心中顿时溢满暖流,倏地感到妻子的温柔和亮丽。我感到很幸福,连同这五彩缤纷的世界。

妻子笑吟吟从厨房里端出了香喷喷的菜:"来,今天我为你干一杯,愿你多获奖,结识更多的朋友!"

妻子,举起了酒杯!

老王和小王

小王写小说已有三年,竟没有把一个墨水字变成铅字,而同科的老王爱好文摘写作,其稿常被报刊采用。收发室老头常把编辑部寄来的发表样报送给老王,而把退稿丢给小王,大家即便围着老王赞不绝口,把小王冷落一旁。小王起初不以为然,文摘毕竟不能与小说相比,从这家报刊摘下抄寄给另一家报刊,这是连小学生都会做的事。自己只要能发表一篇小说可以抵得上老王数百篇文摘稿。可后来小王看到老王从收发室老头那里接过几元钱汇款单时那得意的神态,人们涌向老王那激动人心的围观场面,使得小王难过了好一阵子。

何不像老王那样先搞些文摘?那样好歹也叫发表文章,还有几块零花钱。小王想着便中止了小说创作,也学着老王把某日报上的文章摘下寄给某晚报,把某妇女报上的文章摘下寄给某儿童报,把某卫生报上的文章摘下寄给某老年报。东南西北,天上地下,无所不包。可惜命运不佳,仍然是接到编辑部的退稿。不是说此文本报已登过,就是言不合本报宗旨,使得小王又难过了好一阵子。

老王的文摘稿照发不断,收发室老头照常扯起嗓子喊老王拿汇款单,人们照样围住老王翘起拇指要他请客。小王决定要对老王跟踪调查,从而获取老王的发稿秘诀。

小王终于等到了机会。一天收发室老头又给老王送来汇款单,小王破天荒地也同大伙一道围了上去。当大家注视着汇款单上的数字时,小王的眼睛却斜瞟着汇款单上的附言:本报 X 月 X 日采用。他立刻驱车到市图书馆找到了那张报纸上老王的文摘稿,题目是《啤酒能治癌》。小王震住了。他清楚地记得,一个月前老王曾在另一家报纸上发了一篇题为《啤酒能致癌》的文摘稿。怎么两种截然不同的文章都能发表呢? 小王好生纳闷。

某日,小王把老王的《啤酒能治癌》和《啤酒能致癌》的两篇文章找来字斟句酌,阅读数遍,企图在其中寻中出老王的秘密。突然他眼睛一亮,灵感突发,把两篇文章的内容拼成一文,取题为《酒能致癌且能治癌》,当日寄给了某报社。

不到半月，编辑部给小王寄来了样报，原来是那篇文摘稿发表了。人们第一次涌向小王，第一次把老王冷在一旁。大家争相传阅小王的文摘稿后说："还是小王的知识面广。真是长江后浪推前浪，一代更比一代强。"

小王捧着发表的文摘稿惊喜万分，自言自语道："我终于悟出了文摘稿能发表的真谛。"

第一位顾客

他的摩托车坏了，许久没拿去修。

不是不想修，而是那家修理部要价太狠。有次，他推着摩托车进去不到半小时，竟要价 50 元，敲掉了他月工资的二分之一，弄得他一星期也舒展不开眼眉。他发誓再也不去那家修理部光顾了。

他算计了一下，用那修摩托车的 50 元钱可以坐一千次那趟从家里到单位的公共汽车了。就是车上人多，挤一些，这也不坏，可以活动活动筋骨，生命在于运动。

于是，他每天乘公共汽车上班。

他偶尔发现这条街多了一家新开业的摩托车修理门市部。他似乎从黑暗中看到了一线光亮。

但他终究不敢贸然闯进，以免再次受打击。

第一天，修理部无人问津。

第二天，还是没有一辆摩托车。

第三天,门面仍是空荡荡的。

自第四天起,他发现修理台上没空过摩托车,师徒俩围着车忙得不亦乐乎。

这家修理部收费一定不高,师傅的手艺一定不赖,要不为何天天有摩托车上门,他想。于是,他胸有成竹地把摩托车推了进去。

不到半个小时,摩托车修好了。一问价,只需上回那家的十分之二——果然不出所料。

他为之感动不已:"谢谢!你们真是顾客至上,价格合理,难怪天天都有顾客,门庭若市。"

"兄弟,我倒要多谢你了,你是我的第一位顾客。"师傅在抹布上来回揩着手喜盈盈地说。

"什么?!你们不是天天都有……"他倒糊涂了。

"那是我自己的一辆新摩托车。我们天天拆了又装,装了又拆,为的撑门面,做样子的,招揽顾客。"

"啊?!他像上次被人家骗了50元钱一样地惊讶。他似乎想起天天见到的修理台上那辆摩托车确实是一个模样。

自后,他每天骑摩托车从这家修理部经过,总忍不住瞥上一眼,他看到各种各色等待修理的摩托车长龙。

这是怎么回事?他纳闷着。

橙 皮

　　尽管上面只分来一个赴省城大学脱产进修的报考指标,但消息一传开,小赵、小钱、小孙、小李、小王几乎同时报了名。评贡献,五人都先后被评为先进工作者;算工龄,他们是在同一次招工中踏进局府大门的;论年龄,他们都没有超过报考规定年龄的上限;比聪明,小王似乎要略胜一筹。

　　小王经过多种渠道获悉局领导后天就要研究定人,回家后坐立不安。忽地,他急中生智,面露喜色,他记起爱人刚从娘家带回来的家乡土产品——橙子皮,经几次糖浸太阳晒干后,香甜、爽口、顺气、润肺。俗话说,吃人嘴软,拿人手短。小王随即把所有的橙皮分成四袋,当晚给局长和三位副局长送去后,才长长地舒了一口气。

　　第二天正是星期天。

　　A 副局长起床后,边呷茶边品味着这从未见过的橙皮,确实感到香甜,可吃了人家的总得替人家说话呀,明天的会上提名小王能通过吗? 得先同 B 副局长疏通疏通。当他走进 B 副局长家时,招待他的竟是小王送给自己一样的橙皮。他全明白了,小王的事无须再提。

　　B 副局长送走 A 副局长后, 边呷茶边品味着这从未见过的橙皮,确实感到爽口,可吃了人家的总得替人家说话呀,明天的会上提名小王能通过吗? 得先同 C 副局长疏通疏通。当他走进 C

副局长家时,招待他的竟是同小王送给自己一样的橙皮。他全明白了,小王的事无须再提。

　　C 副局长送走了 B 副局长后,边呷茶边品味着这从未见过的橙皮,确实感到顺肠通气,可吃了人家的总得替人家说话呀,明天的会上提名小王能通过吗? 得先同局长疏通疏通。当他走进局长家时,招待他的竟是同小王送给自己一样的橙皮。他全明白了,小王的事无须再提。

　　局长送走了 C 副局长,边呷茶边品味着这从未见过的橙皮,确实感到有润肺之灵,可吃了人家的总得替人家说话呀,明天的会上提名小王能通过吗? 该找个人疏通疏通,平时 A 副局长和自己关系最密切。当他走进 A 副局长家时,招待他的竟是小王送给自己一样的橙皮。他全明白了,小王的事无须再提。

　　星期一刚上班,局里便召开专题讨论会。老局长说明了唯一的议题后,四张嘴吐出的只有那青灰色缭绕的烟雾。

　　反正你 B 副局长也收了小王的礼,你提小王我赞成也不迟。A 副局长设想着。

　　反正你 C 副局长也收了小王的礼,你提小王我再举手也不晚。B 副局长思忖着。

　　反正你 A 副局长也收了小王的礼,你提小王我再点头最把稳,老局长推算着。

　　"你先开个头吧!"局长企望 A 副局长先定调子。

　　"我?"A 副局长没有任何准备。"我提小赵,他工作认真负责……"

　　A 副局长的回答同样使局长没有任何准备。

　　"我提小钱,他与同事的关系融洽……"B 副局长显然是为了避嫌。

"小孙也不错，他出勤率高……"C副局长自然是敷衍了事。

"小李也可以的，他上进心强……"局长感到力不从心。

直到会议结束，没有一个人提到小王。

人啊，人……

她抱着突然发高烧的儿子往公共汽车站站台奔去。

正是上班候车的高峰期，站台上的人多得出奇。

终于等到了车子，大家蜂拥而上，互不相让，犹如落荒而逃的士兵扒不上车子就要丢掉性命似的。女人生下来的第一天就是弱者，尤其是在这样的场合下更不是男人的对手，可为了让孩子早些就医，她顾不了许多，使尽全力挤到车门前，被大家推上了车。

车内人满为患，似乎再加上一人都有随时爆炸的可能。你的肩膀顶着他的背，他的鼻子陷进你的耳朵。

她被挤得无立足之地，只是把呼吸急促的小生命紧紧地抱在胸前，挤瘪了自己不要紧，小宝贝可碰不得。此刻，她多么希望有人主动把座位让给自己。

"你坐吧。"旁边一位小青年从座位上站起来。

她太需要了。她还来不及说声"谢谢"便坐下了。

乘客们向他投去了赞许的目光。

她感激地仰望着他：面前的活雷锋一定做过不少好事，在单位上肯定是先进。

车子到站了,他和她同时下了车,站台上佩戴红袖章的查票员检查着每位下车人的车票。

偏偏就他一人没买车票!

他在行人的蔑视下当场被罚款五元。

她望着十分尴尬的他,她也尴尬起来。他刚才的高大形象一下子在她心目中一落千丈。为什么他有主动让座的美德却没有不该逃票的道德?

儿子的哭泣声由不得去多思索,她想起儿子身上还患着病。病? 抑或每个人身上都有自己的"病"。

人啊,人……

顾客心理

上午,某商店门口涤纶巴拿马布前放着一个价格牌:"每尺三块五"。于是招揽了一团顾客。

"其他商店都是三块钱一尺,谁会要这三块五!"

"三块钱的是中长巴拿马布,这是涤纶的,每尺要卖四块钱。"

"别给蒙了,真是涤纶的还会让你占便宜!"

"走吧。"

人们哄地散开了。

上午一寸布也没卖出。

下午,同样是这匹涤纶巴拿马布,只是价格牌上改成:"每尺三块八"自然又吸引了一群顾客：

"哟！这商店卖得便宜,比全市所有的商店都便宜两毛钱。"

"这可能是中长巴拿马布吧？"

"谁说的,中长的只要三块钱。"

"就是。"……

"服务员同志,给我买四尺二吧。"

"来,我要七尺五。"

"给我来两丈！"

不到半小时,一匹布便抢购一空。

你是刚到的吧

他的头发不到二十天又长长了。

他一辈子就喜欢平顶头:简单、精神。头发超过了自己理想中的尺寸就要处理掉。

他来到了自己多年喜欢的"胡思乱想"理发店,他办了年卡,店里所有的人都熟悉他。

先干洗后理发,理发店的程序大约都是这样的。

他在洗头女孩到来之前就摘下了眼镜,闭起了双眼。

头上有了洗发水了,又加水稀释了,女孩双手在他头上来回抓动,他在静静地享受这个过程。

倏地,他感到女孩的手法很娴熟,有一种久违的亲切感。女孩变着不同的手势抓洗,他闭目养神犹如体会到了过去曾有过的感受。

他睁开眼睛看看女孩有多大，但摘下眼镜看不清镜子里面的女孩。他干脆又闭上眼睛问："你是刚到的吧？"

"是啊，我昨天到的。"女孩答得很快。

"你的手法很好，让我想起了从前。"

"谢谢！"

前几年每次来店里，他都是点名叫一个雨欣的女孩洗头。雨欣手法细腻，技术超人，从来不会有一点洗头液掉在客人身上。时间长了，洗头时他经常会同雨欣聊天，后来聊得很熟，很欢。不知哪一天，女孩突然离店了，他问了别的洗头女孩，得知雨欣结婚去了，从此他每次到店里再也没有遇上这么好手法的女孩了，他失望了好久。

干洗冲洗完后，又回到座椅躺下了。捣耳。

"你这些白发一直没染吧？"女孩边捣耳边对着他耳朵说。

他的白发来得早了一点。每次出差在外头洗头理发时，洗头的女孩都会说他的头发白了，然后煽动他染发，店里规定染发有较高的提成。他从不吃这套，平顶头头发短，长一点就会剃掉，染发不合算。他讨厌女孩不停地对他宣传染发的好处，他会骂女孩吃多了，这时洗头女孩才会停住嘴。

可耳边的这个女孩怎么问一句就不再说了呢？她又怎么知道我一直没染发？

按摩头部、捏手、按肩、捶背，洗头的一切程序结束了。

"好了，你是要王勇师傅给你理发吧？"女孩问。

"是啊。"他回答着，心里却想她怎么知道我每次理发都是点王勇呢？

"那你过来吧。"女孩说。

他戴上眼镜,跟着女孩从洗发区到理发区。

他这才看清女孩的脸庞,是雨欣!瘦多了,他不敢认。

女孩把他带到王勇面前又返身去洗头区了。

他问王勇:"那女孩是刚到的吧,怎么好面熟?"

"你怎么不认识她了?! 就是过去一直为你洗头的雨欣,她结婚生了小孩刚回店里来上班的。"王勇说。

"哦,真的是她?"他想起了那段聊得很熟很欢的时光,有些兴奋。

理发剪在他头上嚓嚓作响,他脑子里不停地想,雨欣刚才会不会怪我没认出她,把她忘了,会不会误以为我是故意问她:"你是刚到的吧?"不过,这也说得过去,她确实是昨天刚到的嘛,歪打正着了,那她刚才还说我一直没染发是不是在提醒我什么呢?

该死! 他想理发完了应该到洗发区找她,说明一下刚才因为没戴眼镜才没认出她来,这样自己心里或许好受些。

理发完了,他想过去找她,他看到雨欣正在忙着为别的客人洗头。他为难了,现在特意过去向别人解释这些合适吗? 也许雨欣根本就不知道我没认出她来,也许她是知道我没认出她来但她并不在意,也许……

还是算了,他想起身走了,可他看到雨欣在朝他这边看,他下意识地朝雨欣笑笑点点头,示意告辞了,但雨欣的脸同时又自然地转向另一个方向,没有一点表情。

他感到从未有过的尴尬。

你是刚到的吧? 出了"胡思乱想"理发店他仍然在想这句话。

礼　物

他俩怎么也没料到,婚后的第一个矛盾竟是出在收录机上。

婚前,他养成了喜听新闻节目的习惯,早上起床的第一件事就是准时在6点半钟打开收音机,然后边吃早饭边听中央人民广播电台的"新闻联播",早饭吃得又香又甜。

婚前,她也有一种嗜好,睁开眼第一件事就是用手摸着录音机,按响昨天放进录音机里的磁带,然后伴随着轻松、欢快的音乐,把叠被、刷牙、洗脸、描眉等事完成得又爽又快。

如今,他俩"合二为一"了,面对摆在新房里同时属于他俩却又不能同时使用两个功能的崭新收录机,他们吵得不亦乐乎。

她宁愿早上少睡几分钟,也要抢在6点半前按下收录机的放音键。他被节奏多变的音乐声驱出家门,只好来到路旁听有线广播。他竖在电线杆下,犹如一位忠于职守的哨兵。早饭自然吃得索然寡味。

他晚上故意哄着她看完所有电视节目,直到屏幕上出现"再见"二字。他趁她早上起不来先入为主,抢占"电台"。她被播音员庄重严肃的声音弄得烦躁不安,无心打扮。

其实,她非常爱他,心痛丈夫从此消瘦下去。他也非常爱她,担心妻子从此憔悴下去。

终于,她努力克制自己,放弃多年的嗜好,早上不再按放音键。

他也拿出了男子汉的肚量，主动让着妻子，一早便来到电线杆下。

清晨热闹的新房突然变得一片冰凉。

就这样，他们同时迎来了新婚后的第一个生日，他们说好互相送对方一件生日礼物。

生日之夜，融融的烛光房内四周涂成温暖的红色。

他望着神情羞涩的妻子讷讷地说："对不起，我没给你买生日礼物，只为自己买了一个袖珍收音机。"

她望着歉疚的丈夫喃喃地说："对不起，我也没为你买礼物，只给自己买了一个袖珍耳机录音机。"

他的眼眶噙满了泪水。

她的泪水夺眶而出。

爱的温馨溢满了整个房子，印在墙上的两个烛光身影渐渐融为一体。

情　缘

文怎么也不相信，当把单位宣布他下岗的消息告诉女朋友时，丽不但没安慰他，却向他宣布两人的恋爱关系也"下岗"！一瞬间，文觉得天昏地转。他同丽曾海誓山盟，信誓旦旦，文非丽不娶，丽非文不嫁，可时过境迁，过去的一切如今都化为乌有，也许丽过去是看重自己的单位和高薪，这算什么爱情！

文漫无目的地在街上逛着，此时的心情与嘈杂的闹市一样烦躁不安,失去了工作又被女朋友抛弃,文怎么也接受不了这双重的打击。

倏地，文看见前面一辆自行车上摔下一位穿粉红色连衣裙的姑娘,立刻被一群人围住。当文跑过去发现不省人事的姑娘无一人相救时,他忘记了一切痛苦,不顾一切,将粉红连衣裙抱起,叫辆的士直冲市人民医院。

挂号、听诊、住院、输液,姑娘终于醒了。文这才发现姑娘睁开的眼睛楚楚动人。不禁心中一跳:这是一双世界上最美丽的眼睛!

姑娘似乎从梦中醒来,许久才明白了眼前发生的一切。她感动不已,脸上却挂着一丝幽幽的哀愁。

文似乎找到了一种新的爱的寄托,终于克制不住自己爱美的欲望:"姑娘，算我冒昧，你真的太美了，我能与你交个朋友吗？"

姑娘先是一怔,然后激动地说:"我俩素不相识,你却救了我的命,我一生都会记住你这位恩人! 我可以给你一切,但我不能给你爱情,因为我早已有了男朋友。""你有男朋友?"文诧异地问。"是的,早上我刚接到男朋友电话,单位贴出下岗人员名单中有他的名字,他觉得没脸见我,不想拖累我,向我提出分手的要求。我听了心急如焚! 下岗算什么,下岗还可以再就业,越是这样,我越不能抛弃他,越要爱他,这才是真正的爱情! 我向单位请了假,摞起自行车直冲他家,可因一时心急,平时又贫血,只觉得眼前一团漆黑……是你给了我第二次生命!"

"对不起,刚才的话算我没说,你的心灵和你的人一样美!"文深有感触地说。

姑娘:"你有这么好的心肠,一定会找到比我更好的姑娘!"

"我……"

病房门轻轻推开了，站着一位给姑娘输液的白衣护士："同志，从你把这位姑娘送到医院和刚才我在门口听到的一切，我发现你是位好人，是一个应该得到爱的男人，你失去了岗位，但你有助人为乐的品质，这是人生的最大财富！如果你愿意的话，我很想同你交个朋友！"

文再一次感到意外，血压在上升，全身在颤抖：天底下毕竟还真有无私的爱情！

文注意到站在面前亭亭玉立的白衣天使的眼神与病榻上红色连衣裙姑娘的眼神是同样的美丽和晶亮！

世界凝固了，爱的电波在三人身上流动着，三双手紧紧地握在一起！传递着人间真情的信号！

姑娘出院的那天，白衣天使挽着文的手把红色连衣裙和她的男朋友送了很远很远……

铃 声

X局长退休后最烦恼的是家里的电话铃不响了，这同他当年刚上任局长时家里电话铃声昼夜不停地响有异曲同工之忧。

当局长的那天，部下就为他装上了电话，他异常兴奋。晚上他在卫生间洗澡，厅堂电话铃声大作，清脆悦耳的铃声使他冲出卫生间，第一次在家里以局长的身份接电话，办公室主任在电话里向他汇报局里过去大大小小的情况，他听得十分起劲，并在电话里以领导的口气"啊"、"吧"了一通,后来他觉得身上有些凉意,这才感到从卫生间跑出来接电话时忘记穿衣服,一丝未挂,好在小孩不在家。他愈来愈冷,又不便叫对方放下电话。待对方十分虔诚地汇报完后,X局长的第一件事就是继续上卫生间拉肚子。

后来他每天不知接了多少电话,电铃吵得他不亦乐乎,无暇休憩,甚至午休都难以保证。有汇报拍马屁的,有说情求办事的,有无事聊天套近乎的。开始他还在电话里打着官腔,勉强应付,渐渐便不耐烦了。常常在电话里打断对方的说话,说明天到办公室里再讲,后来干脆自己懒得接电话,吩咐老婆、孩子接,除上级领导外,一律说不在家……

在家习惯了电话铃声的X局长现在反而不习惯了。起初还有些零零碎碎的电话铃,一个月后就几乎没有了,再后来铃声彻底消逝了。他十分懊丧,整天坐立不安,形成听电话铃声定势的他真想电话再度响起来。

这天电话铃真的又响起来了,他惊喜若狂地奔过去,当他用颤抖的手拿起电话自报家门时,对方说对不起打错了。X局长犹如掉进冰窖一样,这比干脆没有电话铃响还要难过十倍。

X局长的日子一天比一天寂寞、难受,他开始绞尽脑汁:如何使电话铃声重振雄风?

有天他逛商场偶然发现柜台里有种自动报时电话机,只要装上两节小电池,电话机每到整点便报出时间。他想这种机子蛮好,只要能听到电话响自然会坦然许多。他毅然花五百多元买下了机子。当真,每到整点,电话机便自动响起悦耳的女声:"现在是X点整!"

他感到轻松了许多。

日子久了，他终于感到这种报时声始终代替不了电话铃声，相反，每报时一次，都勾起他对失去了电话铃声的痛苦回忆，心里隐隐作痛，反而不好受。

有天他突然想起附近的一个私人电话亭。让出租电话的老头每天给他家里上午、下午、晚上各拨一次电话，只要铃声响，不必通话，他要的就是听那种铃声，那是一种历史的幸福享受。

老头欣然答应了，因为 X 局长除了照付拨给他电话的损耗费外，每月还给老头五十元的辛劳费。

自此，X 局长再也不烦恼了。

打电话

心急火燎的许佳维朝叶伟强家拨电话，她要告诉他昨天是开玩笑的。

"喂，粮食局许局长吗？"话筒里传出了一位老妇人的声音——线路被对方占了。

"是我。"许佳维的父亲接过电话筒说。

"我是商业局叶局长的爱人，我儿子已从省粮食学校毕业了，他整天同我吵着要去乡粮管所工作，请你一定要把他留在局里……要不女朋友都要吹了。"

"这么严重？你儿子叫什么名字？"

"叶伟强。"

"刚才你儿子来局里报到了，他坚决要求局里把他分到镇粮管所,支援农村建设,那口气好硬呐!"许局长回答说。

"别听他胡闹。请你帮个忙,事后一定请你喝喜酒。"

"放心吧,哈……"

"嘻嘻!"站在电话旁边的许佳维也不禁笑出声来。她想起叶伟强昨天打来的电话:"佳维,我想申请去农村,那里的条件虽差一点,但更容易锻炼人,你同意吗?"自伟强考上省粮校,她等了他三年,现在他又要去农村,意味着继续分离,但她知道农村落后,更需要人才去建设。她了解他胜过了解自己,她为他的选择暗暗高兴,然而她却逗趣地说:"不同意!好不容易熬过了三年,又要过牛郎织女的生活,吹!"她听到他狠狠地丢下电话。

此时,许佳维拨电话的频率加快了:"叶伟强吗?"

"对,你是?"正巧是他。

"听不出声音吗?"

"乡下人没这种本事。"叶伟强还在生气。

"今晚我在老地方等你。"声音低婉而温柔。

"没有必要!"话筒里的音膜震得轰轰响。

"昨天是我逗你玩的。"

"真的?"他喜出望外,"你不怕两地分居?"

"海内存知己,天涯若比邻。我们国庆节结婚吧。"

良久无声。

"不。"电话筒里终于响起了叶伟强的声音。

"难道还不相信我?"许佳维迷惑不解。

"不是,我刚毕业参加工作,还有许多事情要做。再等我一年行吗?"

"再等三年都愿意……今晚还见面吧?"

"急不可待!"叶伟强发出了愉快的笑声。

生日这天，电话铃响了

电话热一夜之间吹遍了全市。

于是装电话便成市民们的新闻话题，似乎还是衡量一个家庭贫富标志之一，甚至儿女出嫁，也把装部电话当作最时髦的嫁妆。

敏涛是市中学一名普通教师，他也企盼自己有部电话，原因是昔日的中学同学家家都拥有自己的电话，没有电话不仅同学来往不方便，而且让人瞧不起，但教书匠历来就是囊中羞涩，几千元装部电话对当教师的敏涛来说简直是天方夜谭。

同学们上他家串门都怪他没电话，吃了好几次闭门羹，他内疚不已，连声致歉。有一干个体户的同学说先借钱给他装部电话，敏涛更觉得知识分子面子不知往哪搁。

敏涛从此很少串门，常常在家苦思冥想。有一天，他突发奇想，买一个电话机拉根线丢在窗外，谁也不知道仅仅是个摆设的空壳。这样可以满足虚荣心，免得闲言碎语。

同学们得知敏涛装了电话的消息，纷纷为他祝贺。

有天，敏涛在路上遇到一同学说你家电话怎么老是打不通，他说最近坏了；又有一天，一同学上他家串门，突然想起一件事要给家里拨个电话，敏涛说昨天下雨线路受潮短路打不出去，同学很扫兴。

这天是敏涛三十岁生日，市里的老同学聚集他家祝贺。有送上百元一套的《辞海》,有的送瑞士名牌手表……

当生日蜡烛点燃时，同学们才突然发现与敏涛玩得最好的同学层林没有到场。

众人迷惑不解。

敏涛更加诧异。

突然电话铃声大作。

同学们喊敏涛接电话,敏涛心里很清楚,说根本不可能,我家的电话坏了,同学说你真糊涂,自家电话也听不清。他竖起耳朵,奇迹果然发生了。

有一同学敏捷地按下扬声通话键,原来是层林同学的声音:"敏涛,祝你生日快乐,这是我给你的生日礼物!"

敏涛木然,即刻像明白了什么,热泪盈眶。

围在电话旁的同学怎么也不明白，层林在电话里一句简单的祝福语,怎么竟比自己送的礼物更感人。

母 爱

"哇——"

"毛毛又哭了,文华!"

刚洗完尿布合上眼不过十分钟的我,几乎被毛毛的哭声和妻子的喊声同时唤醒。

我一骨碌爬起来,手习惯地往毛毛屁股上一摸:又湿了。打开尿布,还有一小团黄粒状屎。擦洗。换尿布。放进摇篮。怎么还哭声不绝？"是饿了。"躺在床上的妻子有气无力第提醒我。我赶紧冲了一瓶麦乳精。好烫。毛毛肆无忌惮的哭声加剧了我心里的烦闷，我使劲吹着，终于冷了。毛毛脸上挂着泪花，伤心地吮着奶瓶头，不时地抽咽着，渐渐地闭上眼睛。妻子在床上有劲使不上，只是时而涌起母亲的情愫而难过。我轻轻地把毛毛放进摇篮，好不容易暂停了这场紧张的"战斗"。

"唉！"我一声长叹，再次躺下。自毛毛诞生以来，标志着我的升级——当爸爸了。这种升级同在改革中走上领到岗位的改革者迥然不同；他们手下有招之即来的群众，我却单枪匹马。我既要护理一生下来就知道哭的婴儿，又要照顾因难产身体虚弱的妻子，晚上能享有五个小时的睡眠时间算万幸了，特别是一天要换几十次的尿布，挂起来迎风招展就像奥运会上飘扬着各国五颜六色的国旗一样。我有生以来第一次体会到哺育下代的滋味。唉！要是母亲不走该多好！

上个月妻子同母亲为一件不起眼的小事发生了摩擦，母亲受不住，一气之下跑到我弟弟家去住了。俗话说，十个婆媳九个吵。婆媳之间的矛盾是难免的，可我当时为什么不多劝几句、再三挽留呢？我不也是母亲屎一把尿一把地拉扯大的吗?！养育一个人多么艰难啊！而现在我的良心呢？不行！明天我一定要把母亲接回来，报答她对我的养育之恩……

天刚放亮，我便起身急着去接母亲。打开门，我蓦地愣住了：脸上布满皱纹的母亲手里端着一碗鸡汤佝偻地出现在门口。一股热血顿时直冲我的全身。

"妈！"妻子在床上比我先喊出声来。我回首一看：两串晶莹的泪水从妻子的眼角边无声地淌下……

订报刊

全民微阅读系列

　　一年一度的订报刊热又到了。为了改革,局里明确规定,各科室的订报刊费由过去的五十元降到四十九元,且不论何种报刊应与工作有关。

　　"大家看订些什么?"科长的眼睛从《报刊简明目录》上转向全科四名人员。

　　一阵沉默。

　　"给科长订一本《长寿》,领导身体健康,是保证我科工作能够顺利进行的基本条件。"精灵的小李开了第一炮。

　　科长朝小李笑了笑。

　　"对!……"三张嘴同时附和道。

　　"我看,给小李也订本《拳术》,他坚持练拳可有两载了,难能可贵啊!拳练好了,可以作为我们科的保卫人员,保护国家财产嘛!"秘书老张见缝插针。

　　"好主意!"新婚不久的雅丽嗲声叫道。"我们胖大嫂的少爷明年就要参加高考,给她来本《高考辅导》。"

　　"不行!不行!这与工作无关……无关。"胖大嫂的手和臀部同时做异向运动。

　　"啥没关系!儿子考上大学,无后顾之忧,可以一心扑在工作上,这可是有直接关系呀!"

　　"言之有理!言之有理!"科长频频点头。

"那你来点什么？"胖大嫂笑着问雅丽，两眼上下搜索着《报刊简明目录》，"哎呀，这本再适应不过了。"

"什么？"雅丽赶紧凑上来。

"上海出版的《生殖与避孕》！"胖大嫂故意把念书名的声调拉得长长的。

"哟！羞死了！"雅丽撒娇地捶着胖大嫂圆滚的双肩。

"优生优育，计划生育，这可是国之大策，不学点避孕知识，三两天请假，干得啥工作成。"

除了未婚的小李脸红外，其余的都笑了。

"秘书，你呢？"科长问。

"我就不谦虚了，《通俗传奇小说》，提高写作水平，嘿……我算了一下，正好四十八元九角。"

"好，就这么定了。"科长高兴地说。

"不知局长同意啵？"秘书扶了扶眼镜说。

"这有什么，哪样不与工作有关?！何况还为局里节约了一毛钱。"小李坚持说道。

"老张，你把订单写好，我到局长那里试试。"科长满信心地说。

没过三分钟，科长从局长办公室回来了："局长不同意。"

四张脸晴转阴。

"我说了吧。"秘书显得很老练。

"不是，局长说，我们的五种报刊他办公室都已订了，为了便于互通有无，请大家再订别的。"

意外使四张脸阴转晴。

大伙又忙开了：

"看，广东有个《癌症》杂志，订这个吧。"

"不行,局长也有了。"科长说。

"哎,这里这里,湖北出版的《中国抗癌报》。"

"这张报好!"

"身体是革命的本钱。"

"关系到继续革命的问题。"

"我订!"

"我也订!"

"大家都想订,我看就人手一份吧。"科长最后一锤定音。

张秘书在大家的笑脸下写下了:"《中国抗癌报》五份。"

条　件

他和她就要结婚了。

她对他说,婚前每人给对方提一个条件。

他听了觉得蛮有情趣。欣然答应了。

于是,他俩开始提条件了。

他说,你先说吧。

她说,还是你先说。

是你出的点子,当然由你先说。他笑嘻嘻地说。

是你要娶我,该你先说。她含情脉脉地说。

沉默。

他说,我们还是先来互相猜猜对方的条件好吗?

她的心境忽然活跃起来,说好。

你先猜我的条件。他说。

不,这点子是你出的,还是你先猜我的。她说。

他想,男子汉不能像女人那样忸怩,于是他果断地先猜了。

你的条件是,结婚后不能沦为家庭妇女,同我平分家务。他猜。

她摇头。

你要当家庭主妇,你说一我不能说二。他又猜。

她还是摇头。

你要我经常陪你进舞厅、逛商店。他再猜。

她仍然摇头。

猜不着了。他失望地对她说。

还是让我来猜猜你的吧。她像打了胜仗似的高兴地说。

他求之不得。

她猜,结婚后你要我全身心支持你的事业,包揽一切家务。

他摇头。

她又猜,经常陪伴在你身边,给你温柔和甜蜜。

他还是摇头。

她再猜,孝敬你的父母,争当孝顺儿媳。

他仍然摇头。

我也不猜了。她又像打败了仗似的翘起小嘴说。

又一次沉默。

对了!我们都把条件写在手上!她突然想起来说。

他举双手同意,即刻找来了笔。

他背着她在自己的左手掌上写下一句话。

她背着他在自己的右手掌上写了一行字。

你先给我看看,他说着把头伸了过去。

她迅速握紧手掌撒娇地说，你先让我看看嘛！

他也迅速把手掌攥成拳头。

再一次沉默。

你喊三下我们同时打开手掌怎样？她说。

好，我开始喊了。他说。

两个拳头合在一起，犹如两颗爱心在碰撞。

一、二、三！

两个拳头几乎同时张开。

他的手掌心上写着"只生一个"。

她的手掌心上也写着"只生一个"。

他俩喜出望外，长时间的对视，突然紧紧拥抱得像一个人一样……

一个小小说作者的最后微笑

他躺在病房床榻上，接过护士刚送来的编辑部的信，心中异常紧张。

他曾向该刊物投过 7 次稿，得到的全是千篇一律的铅字退稿信，他从不气馁，就在他被确诊为癌症送进医院的前一星期，他还向编辑部寄出了最后一篇小小说。两个多月，他一直在病床上等着编辑部给他临终前的最后一次回复，奢望编辑能对自己大发慈心。

他打开信时，小说又被退回了。咦！还有一本散发着油墨香味的刊物，目录栏中印着自己大名，小说的题目是《一个小小说作者的最后微笑》。奇怪，自己从没写过这篇小小说呀！他急不可待地翻到了正文：

编辑叔叔：我是一名初中生，第一次试写小小说，请帮我发表。

1976 年 7 月

编辑老师：我高考落榜后在家待业，如能帮我发表这篇小小说，找工作就不成问题了。

1986 年 7 月

编辑师傅：工作终于找到了，如能发表拙作，我就可以从车间调到科室，不用再卖苦力了。

1992 年 7 月

编辑哥们：我的女朋友说，"你什么时候发表了小小说就什么时候同你结婚。"请成全我们吧！

1995 年 7 月

编辑同志：儿子也爱上小小说创作。平时我教他，他非但不听，还振振有词说："你会写怎么不见一个铅字见报?!"为维护我这个做父亲的尊严，请把我这篇小小说发表了吧。

1997 年 7 月

编辑先生：目前社会上掀起文凭热，我与大学无缘，听说发表文学作品的作家也算知识分子，请伸出友谊之手吧。

1998 年 7 月

编辑大人：我不幸患上了绝症，这不为奇，人总有一死，只是懊悔一生没成为一次"作者"，今特寄上最后一篇，诚望能给一个小小说作者的最后微笑。

2002 年 7 月

……他看完这篇小小说惊呆了，这不是自己每次寄出小小说时附给编辑的信吗?! 附言都能成为小说，还能不是"作者!？"他兴奋不已，终于闭上了眼睛，带着一个小小说作者的最后微笑……

逆反心理

第一日

妻子:你知道吗? 现在市场上非常流行蒙妮坦奇妙换肤霜。

丈夫:什么……霜?

妻子:擦在脸上能快速消除皮肤表面老化,使皮肤变得柔滑清爽,充满青春活力。

丈夫:那你也买瓶试试。

妻子:一套三瓶,好贵呀!

丈夫:多少?

妻子:八十五块?

丈夫:啥东西? 怎么这么贵。

第二日

妻子:我想买套换肤霜。

丈夫:真有那么好!

妻子:当然!

丈夫:算了,现在社会上骗人的东西多。

妻子:不会吧,昨天商场一到货就被抢购一空。

丈夫:我们不上这个当就行了。

妻子:就你小气。

第三日

妻子:坐在我对面的小玉这几天擦了换肤霜,皮肤一下子亮堂了许多。人家丈夫多疼老婆。

丈夫:你还想买呀?

妻子:你不想自己老婆漂亮?

丈夫:你已经很漂亮了。有那钱买点吃的不更好吗?

妻子:那是两回事。跟你这辈子窝囊!

丈夫:我也是为这个家节约。

妻子:就知道节约节约! 我偏要买!

丈夫:你不要这个家就买好了,不管我的事!

第四日

丈夫:今天我陪你去买套换肤霜吧。

妻子:怎么? 改变主意了?

丈夫:你是我老婆,老婆漂亮丈夫脸上也有光呀!

妻子:你真是这么想?

丈夫:还能骗你。

妻子:有你这心就够了,我不想买了。

丈夫:又怎么了?

妻子:价格确实太贵了。

丈夫:……?

我和妻子和儿子和……

我最怕儿子当着妻子的面提到晶晶，因为第一个与我谈恋爱的是晶晶的妈。

那时我俩都蛮不懂事，年轻得为了一件至今都想不起来的小事不欢而散乃至分道扬镳。后来我们各自重新找到了自己的心上人在同一年的不同地点结了婚又在同一时间的不同医院我妻子和晶晶妈分别生下了我儿子强强和她女儿晶晶。几年后的今天强强和晶晶同时送进了幼儿园，老师像编造离奇的童话似的把他俩又正好安为同座。这样强强一回家就津津乐道幼儿园所有新奇的事以及与晶晶在一起玩耍的情景并说晶晶是班上最漂亮的小朋友。尽管强强的语言表述方式极不符合中国的组词习惯但那描述的内容被强强天真的神态表现得淋漓尽致。每当此时我心里攥着一把汗并窥察到妻子的脸上也露出极端的难堪,因为我在结婚前曾严格遵守一位名人的名言"诚实是爱情的基础"和盘托出地把我与晶晶妈那段恋爱史告诉了妻子并表示忘掉旧情重新做人对妻子忠贞不渝，没想到刚上幼儿园的儿子在家常提晶晶勾起我对初恋的追忆引起我和妻子去想不愿想的晶晶妈带来我美满婚姻上的阴影。

有一回我趁妻子不在家反复叮嘱强强不要在幼儿园与晶晶一起玩耍更不准在家说起晶晶，儿子却重复声明是晶晶妈在幼儿园吩咐我带好晶晶同晶晶一起玩把晶晶当自己的好妹妹。我的心咯噔一下犹如掉在地上捡不起来一样。

星期天吃完早饭强强硬是拉着我带他去晶晶家玩，理由是昨天他俩在幼儿园已经约好，好家伙这么小就学会约会而且恰恰是晶晶，我忐忑不安睨斜着妻子她不自然地低头咬着馒头我便趁势换着恶狠狠的眼神瞪着儿子，就是把眼珠瞪出眼眶儿子也不懂我的用意且得寸进尺摇着我的双肩硬拖着我走，我见事态发展不妙给了儿子一记耳光，痛的强强放肆号啕起来，妻子丢下饭碗扔下馒头一边把儿子揽过去一边责怪我神经过敏极不正常是哪个部位出了毛病。接受妻子的责备比接受儿子的约会要容易得多。紧张气氛总算清除但这顿饭吃得很不痛快甚至整个星期天都没过好。

我断定那天的一巴掌打中了关键部位起到了良好效果否则强强不会有很长一段时间没提晶晶了。结果我猜错了，晶晶是患上了脑膜炎一直没再上学这是我偷偷问儿子强强不大高兴地告诉我的。强强在家没有了欢笑没有了歌声没有了与晶晶在一起的生动描绘，我的小家庭平静了许多倒反而使我期盼能听到儿子哪天在提到晶晶。

这天终于盼到了但强强带来的是我心灵的哭泣：晶晶今天死了，噩耗突然得我与妻子的目光不约而同地相撞使得我许久没说话妻子也一样儿子更显痛苦之状。你领强强去晶晶家看看吧妻子说这话时我十二分的不相信。不必吧我认为妻子在试探我我也反试探一下妻子。还是去一下吧你就是不记晶晶妈过去对你的那份旧情也该作为强强的父亲向儿子同学的家长表示一些安慰……

我泪水沾满了眼眶，不知是为妻子的贤惠还是为儿子失去了幼时第一位好朋友——晶晶。这次是我主动拉着儿子而儿子满脸忧愁极不情愿地跟着我往晶晶家走去……

退 鸡

　　这事已过去二十四个年头了。

　　我大学毕业分在省海洋局工作半年了，终于盼到回县城过春节了。早饭后无聊，独自一人去菜市场溜达溜达。

　　国家刚刚放开市场，自由市场可真谓"自由"：卖者可以肆无忌惮地叫卖，买者可以得寸进尺地讨价还价，地上任意摆放着所有只要能吃的东西，美中不足的是场地小又恰逢快到春节，人群熙熙攘攘，密不透风，后面人的眼睛几乎贴在前面人的后脑勺，随时都要防止菜农冷不丁用扁担撬下头上的帽子。但大家见了我还是让三分，大约是因为我穿着一套绿色海员服装和小县城少见的大盖帽、鞋掌型肩章。

　　前面围着一群人，像在争吵什么。

　　一位看上去就知道是农村的人突然拉着我说："警察同志，你给我评评理。"我还来不及笑他张冠李戴，农村人接着说："今早我上县城卖菜，顺便帮村里人带只鸡卖，当时我们只谈了个价，没说是鸡婆还是鸡公他就把鸡买回家了。现在我卖完了菜要赶回家了，他却跑来说这只鸡不是鸡婆，要退鸡，你说这……"

　　"你说完没有？"退鸡的人手里提着鸡。

　　"完了。"农民理直气壮。

　　"这位是海员，不是警察。"退鸡的人好像故意纠正农村人的错误。"不过大城市人懂道理，你就帮我们评评这个理。我买这鸡以为是鸡婆,回家听隔壁人说是鸡公。我就回头找他,心想找不到就算吃个亏,找到了就再协商。如果他说是鸡婆我就退给他,如果是鸡公,那就再议价。我总算讲理吧。"

"没这个道理,当时你就别买,买了怎么能退呢?!"农村人叫道。

"我是想买个鸡婆养到明年春天下蛋,又不是买的吃,你总不能骗人吧!"

农村人火了:"谁骗人?!你把我当猴耍,要买就买,要退就退,没那么容易。今天就是闹翻天我也不退。你是城里人天天在县城街上走,闹大了看谁难堪。"

"我怕什么,了不起人家说我上了乡巴佬的当。"

"什么?乡巴佬?你讲不讲文明?!"农民脖子上的青筋变粗了。

"我怎么了?!"

"你语言脏!"农村人说。

"你行为丑!"提鸡的人说。

看样子难以收场,我问农村人:"你卖鸡的时候说没说是母鸡?"

"没说。"农村人回答道。

"但同说了一样!"提鸡的人抢着说。

"我说了是鸡婆吗?你有崽么?"农村人气愤地说。

"有!"

"我当时说了这鸡是鸡婆?"农民紧逼。

"你有崽么?"提鸡的人反问了一句。

"有!"

"好,我问你:当时我是买你旁边那人的鸡婆,那人说要一块八一斤，我在犹豫，你却急忙指着你的鸡说这鸡只要一块六一斤，这是事实吧！"

"是啊！"农村人说。

"这就好了。大家分析分析他说的话，是不是说他的鸡是鸡婆。"

"我这样难道就是指是鸡婆吗？！鸡婆要一块八，阉鸡要一块六，公鸡才一块四，这个行情你会不知道？"

"我哪知道这么多，我只知道逻辑推理。"

"罗鸡？哪里还有什么罗鸡？"农村人毕竟缺乏知识。

围观的人哄然大笑。

我问农村人："既然这不是母鸡，那你说这是什么鸡？"

"我也辩不清，这鸡是外来种。"农村人答道。

围观者把目光从人身上转移到鸡身上。有说鸡婆，有说鸡公。真是公说"公"有理，婆说"婆"有理。

看热闹的愈来愈多，交通几乎阻塞。

"我不是什么警察，既然要我评理，我想当时你们没说清现在说明了也就算了。这只不过是一点小事。"我对提鸡人说："如果是母鸡你还占了便宜，如果是公鸡你就多花那几毛钱，何必大动肝火。"

"我们搬运工人的钱可不好攒，要不是看在快过年了，我今天……算了！给大哥你一个面子。"提鸡的人转身便走。

人圈渐渐破了。

"等一下！"农村人上前抢过了鸡。"如今我们农村实行了生产责任制，乡巴佬的日子与你们街巴佬差不了多少，你攒钱没我们容易，要是前几年我一分钱也不放过，四块三退给你，把鸡还给我。"

"不……我也不靠这点钱，说开了就算了。"提鸡的人有些尴尬。

两人抢着要鸡，争执不休。

"等一下！"又是一个"等一下"，人群中走出一位高个瘦条男人，挎着一个人造革黑包，看样子是跑江湖的。"我看这鸡冠分明是鸡婆。"他从提鸡人手中拉过鸡来往地上一扔，鸡半蹲着不动。"看见没有，名副其实、不折不扣的鸡婆！"

人群中赞同的人不多。

高个子又说："我敢拿十块钱同各位打赌！"

人们又一次把眼光转向鸡，虽没人应赌，但有人开始附和着说是鸡婆。高个子一手把四块三毛钱塞给搬运工，一手提着鸡挤出人围。

农村人和搬运工都愣住了，围观的人突然发出一阵笑声。笑什么？我不知道。我只听见农村人对搬运工说了一句："我真的不知道这只鸡是鸡公还是鸡婆，明早我一定把我家里那只真鸡婆捎给你。明天还在这里等你，不见不散，好吗？"

买石膏

你儿子是过麻疹。医生确诊着。

开药、划价，付钱，取药。少一种药，司药员说。

少的是石膏，只需八钱。

哪怕是差一钱都得配齐。麻疹没过好，会沾上肺炎、喉炎、心肌炎、中耳炎,身体抵抗力差,发生角膜软化,还会使眼睛失明,他曾听母亲这样说过。母亲还说他在孩时过麻疹时叫过眼睛痛,痛了数十天,就因为当时少了一种药,少的也是石膏。

他发誓一定要找到石膏,不让儿子失明。

于是,他又用自行车把儿子带回家,他不能爬上四楼又下四楼那样会延误时间造成后果的,让儿子自个儿上四楼回家告诉奶奶他一会儿就回,便骑上自行车风驰电掣地上街寻药了。

到了县中医院。他一脸的汗。换来的是:石膏缺了一个月,你去五交化公司看看。

到五交化公司,他又是一头的汗,经理说,我们已订了货,要下个月到货,你去生资公司门市部瞧瞧。

到生资公司门市部,他一身的汗。女服务员说,仅剩下 10 公斤石膏刚刚被一个人全部买去,你可去豆腐坊问问。

好不容易找到了豆腐坊,他身上没有一丝干纱。营业时间已过,"铁将军"挡了驾。

他这才感到没有力气再奔波了,不过他没有绝望。他打算回家喘口气再去市里跑一趟,哪怕筋疲力尽,哪怕是赴汤蹈火。

他向母亲汇报了刚才的"紧急战斗",并表明了立即去市里的雄心壮志。

唉! 家里有石膏,母亲递上毛巾责怪道。

家里啥时有石膏? 他喜出望外。

一年前我就在药店买了一大块石膏,我担心有一天孙子过麻疹少了石膏又叫眼睛痛。

早知如此, 就是爬上四十层楼也不至于有刚才跑满全街的疲劳。他想。

可他却没有去想一下母亲……

启 示

　　王老师躺在家里的沙发上，心里还是不舒服，一直想着那个没出息的学生。下午检查作业，竟有一个学生写错了五个生词。他气得直想踢这个学生几脚。他拿出了多年来的绝招：每个生词罚写五百遍，二千五百个，明早交。够你一晚受的。

　　"吃饭了！"老伴从厨房里端出热喷喷的菜。

　　"燕子！吃饭了。"王老师把"命令"又传给房间里的女儿。

　　许久没有回音，王老师纳闷地朝女儿房间走去。奇怪，女儿手中握着五支用橡皮筋捆成一排的笔，在写着什么。

　　"这是干吗？"王老师看到女儿一笔同时写出五个相同的字。

　　"今天默写生词我错五个，老师罚我每个抄五百遍……不这样，明天早上交不了数。"燕子胆怯地低下头。落在作业本上的眼泪犹如块块石头打在王老师的心上。

　　望着女儿手中的五支笔，王老师心中不禁一颤：我的那个学生也会这样吗？

特殊家长

　　"怎么,损坏了学校的凳子,还不认错?如果同学们都像你这样开玩笑,那班上的凳子都没了!"来到办公室,我行使着班主任的职责。可王坚的头昂得更高,显得得很不服气。

　　这时,门口出现了王校长:"钟老师,还没回去?"我正欲回答,校长又看见了王坚,"你怎么了?"

　　王坚的头顿时像垂下来的向日葵。呵!现在的学生也学会社会上那套——服"官"不服"兵"。我向校长说明了事情经过,并说王坚一直不承认错误。校长火了:"不行!要老老实实向老师认识错误!"然后对我说,"钟老师,过了吃饭时间,先回家吃饭吧。"

　　校长走了,我看了看表说:"既然你现在还没有想通,晚上好好想想。回家向家长说明真情,明天带上两块钱赔偿凳子,否则从明天起不要上学!"

　　大概是"从明天起不要上学"这句话灵验了,第二天一早,王坚就找到我说:"老师,我向您认错。"看见他那诚恳的态度,我倒有点后悔昨天对他的粗暴态度。

　　"昨晚你怎么对家长讲的?"我问。

　　"我刚进门,爸爸就教育我。"王坚低下了头。

　　"你爸爸是怎么知道的?"我感到奇怪。

　　"您不是对他说了吗?"

　　"我什么时候说的?"

"王校长就是我爸。"

坏了，我怎么一开学就批评到校长的儿子头上，以后校长会不会……

"老师，这是我赔偿的两块钱。"王坚打断了我的猜疑。

我连忙说："算了，下不为例就可以了。"

王坚硬是把钱放在我手里说："不，我爸爸昨晚给我讲了很多道理，我真正明白了自己的错误。他还写了张纸条让我带给您。"

我接过纸条。

钟老师：

王坚的过失反映了家教不严，作为家长，向您道歉。按价赔上两元，并建议王坚在全班做检讨，以此教育全体同学。

您对学生一视同仁，严格要求的做法十分可贵，请发扬下去。

家长：王严杰

买 菜

母亲患了高血压，又年岁已高，把每天买菜的任务交给了我。

于是我每天清晨把篮子挎在自行车上朝菜场冲去。

我不知道什么样的菜嫩什么样的菜老，猪肉是哪块好，鱼是哪种鲜，凡是能吃的我都买。

后来母亲告诉我,刚上市的菜太贵不能买,已下市的菜吃不烂不要买,想吃红烧肉要买排骨,吃小炒不要肥的,买鱼先要看鱼鳃……

我像刚进小学校门读一年级的学生一样,对什么都新奇。但我不会的是买菜中的讨价还价。每天买菜回家,母亲都对着篮子里的每样菜询问价钱,等我死劲回忆如实汇报后,母亲总说我每斤菜多花了2分钱,要我学会压价。

一个堂堂的七尺男儿怎好与一个菜妇争高低,再说磨破嘴皮节约2分钱也成不了"大款"。

母亲的唠叨酷似唐僧对孙悟空念紧箍咒,使我倍受煎熬。我只有想了一个没有办法的办法:虚报菜价。

我把买来的每斤三块钱的肉说成是二块八,二角钱一斤的小白菜说成是一角八。

母亲很欣慰,终于停止了"紧箍咒"。

有天,母亲说长期在家闷得慌,要上街走走,顺便带点菜回家。

不料,母亲买菜一进家门就把菜篮一扔,气愤地说:"太气人了,还了半天价,肉还要二块九,白菜二角不少一分钱……唉!还是你能还价,真是一代更比一代强。这买菜的事就永远交给你了。"

我听了真的哭笑不得……

戴红领巾

"丁零零……"第一道预备铃刚响,同学们都跑着找到自己的座位。除我外,大家都戴上了红领巾,我也只好将手滑进了口袋。

从昨天起,我上中学了。中学生——多么令人羡慕的名字!我兴奋得一夜都没睡好。可是昨天老师说,少先队员还要同在小学一样继续戴上红领巾。犹如做一个美梦忽然被人叫醒一样,太扫兴了!进中学校门还要系上红领巾飘呀飘的,这与"中学生"这个挺的词十二分的不相称!新老师一点也不理解我们的心情。听说他是刚从本校毕业的,暑假高考名列全市文科考生第二名,只因右腿跛,没有一个大学愿意录取。学校缺语文教师,就留下了他。他担任我们的班主任,还是少先队的辅导员。看那样子大不过我六、七岁,个子也仅仅高我半个头,没啥了不起。本来我打算今天不戴红领巾,可一想不能刚开学就与老师闹僵,留下个坏印象……

我慢慢拉出一直放在口袋里的红领巾,勉强地截止。

"丁零零……"几乎在响第二道铃的同时,老师走进了教室。咦!老师胸前也系上了一条红领巾,两只炯炯有神的眼睛上排着两道粗眉,整个脸庞被鲜艳的红领巾映衬得绯红。

老师环视教室一周后说:"少先队员们,今天大家都戴上了红领巾,很好!我们戴上了红领巾,行动上却不能做违反红领巾的事。昨天有个别同学用刀在凳子上刻字,这是损坏公共财物的行为,希望这位同学能主动承认错误,自己取下红领巾。"

糟了!老师说的是我。昨天编好座位下课后,我想在凳子上做个记号,以免丢失。找了好久,才发现凳背面有一个用刀刻的"李"字。我想这准是前位凳主人留下的姓,我也学着拿小刀在凳的正面狠狠地刻了一个"王"字。

同学们相互张望,等待有人站起来。唯有我的心跳得怦怦直跳,脸像被辣椒擦了一遍,一阵阵火辣辣的。我巴不得能像平日捉迷藏一样躲起来。凳上的"王"字像针一样戳着屁股,我低着头站了起来,一边取下红领巾,一边喃喃地说:"是我……做的。"

我感到同学们都把目光集中射向我。

"好!王军同学能主动承认错误,我们对这和勇于改正错误的行动表示欢迎!"老师话音刚落,同学们热烈地鼓起了掌,噼里啪啦的掌声和巴掌打在我身上。

"王军同学,你当时就不知道这是损坏公共财物吗?"

"我是看见凳子背面有个用刀刻的'李'字,才……"

"什么'李'字?"老师走过来,拿起我递给他的凳子仔细地看看。刚要放下,像想起了什么,又突然拿起,两条眉毛连成一线。我垂下了头,等待着一顿严厉的教训。

老师放下凳子,很久没有说话。同学们都茫然地望着老师。

好一阵,老师的嘴才启动了:"同学们,王军凳上的字是我刻的。"

老师怎么了?莫非是气糊涂了。我急忙说:"不!是我刻的,我给红领巾丢了脸。老师,您就狠狠地批评我吧。"

"不。应该批评我。"老师颤抖的声音,把全班同学都惊呆了。

"少先队员们,六年前我读初一时,就是在这间教室,也坐在王军现在的位子上。开学的第一天,我用刀刻了个'李'字。第二天班主任王老师发现后找我谈心,使我认识到了错误。没想到却影响到了你们。"老师一边说,一边取下了红领巾。

同学们"轰"的一声嘀咕开了。

他说的王老师是不是我父亲?爸爸退休后经常给我讲一位名叫李什么的好学生。李老师,您刚才说的那位班主任叫王诚吗?"

"对,你……"

"他是我爸爸。"

"哦?"

我抑制不住内心的激动:"同学们,我爸爸给我讲过李老师的故事。李老师自那次刻字后,对公共财物非常爱护,经常利用休息时间来学校修课桌、板凳。有一天晚自习,李老师路过保管室门口,发现有人盗窃凳子,他不顾自身安危,冲上去抓住盗窃犯高喊抓贼,那人转身就逃,李老师死死抓住不放,盗窃犯狗急跳墙,用凳子朝老师右腿砸去,当场被砸断一根骨头,李老师忍着剧痛始终抓住不放,直到我爸爸他们起来抓住盗窃犯。公共财产保住了,李老师的腿却……以后李老师每学期都是三好学生,成为全校同学学习的榜样。"

同学们把目光射向了老师,响起一片"啧啧"的赞叹声。几乎是同时同学们忽地站起来,向老师整齐地敬了一个少先队礼。

"我代表全体少先队员给老师戴上红领巾。"我跑上讲台,从口袋里取出红领巾给老师戴上。

老师抚摸着我的手说:"今天你能站起来承认错误,是进步的起点。来!你也戴上红领巾。"老师把自己的红领巾给我系上。啊!这是老师的红领巾,没有比老师信任我更荣幸了。我顿时感到脖子上像燃烧着一团温暖的火,一阵滚烫。

我仰望着老师亲切、真诚的面容，瞬间感到老师的形象越来越大。他何止大我六七岁，又何止高半个头？我暗自打算：不仅天天把红领巾戴在胸前，而且永远把它戴在心里……

提篮小卖女

H 县有个全省最大的渡口，是通往省城的必经之道，每天有几千辆车从这里驶过。

车子多，渡船少，汽车来了往往要等上几渡，于是一群提篮小卖女便应运而生。

天刚亮，提篮小卖女的叫声便划破灰蒙蒙的晨雾。当汽车驶进渡口，小卖女便蜂拥而至，挤成两排，把车子牢牢地夹在中间。他们一手挽着篮子，一手托着各种食品、饮料，对着头顶上的车窗吆喝着："瓜子、茶蛋、康师傅方便面……健力宝、汽水、矿泉水……"她们一个比一个手举得高，一个比一个叫得响亮，生怕到手的生意跑掉似的。为了推销篮中特色的食品，她们不停地交叉跑位，那娴熟步姿比中国女排还要敏捷。当第二辆车驶来时，她们又前呼后拥，重复着开始的动作和吆喝……

不知哪一天，小卖女中突然冒出了一位亮丽的少妇。她漂亮过人，五官长得就像三维电脑设计出的美人一样无懈可击，这可把一群小卖女嫉妒死了。车一到，她们像过去那样声嘶力竭地吆喝已无济于事，所有旅客的目光都落在那少妇身上，并把手中的钱伸向她。

奇怪的是,她从来不将篮中的东西卖给旅客。每次都是朝司机窗口奔去。哪怕是一天没向司机卖出一分钱东西。

小卖女们送给她一个桂冠:"司机小卖女"。

她以价廉物美的质量和微笑服务很快赢得了司机的青睐。

有一次一位司机买她的东西,当她把食品递给司机时,对面驶过来的渡船已靠岸,前面的车鱼贯似的上了船,后面的车死劲地按着喇叭催促着,司机只好边开动车边急着叫:"快上渡船我给你钱!"其实她只要学着那些小卖女跑一下就可以接着钱,但她没有动身。渡船载着车子启动了,司机跳下车站在渡船上喊:"不要钱了?!"她只是隔着水向司机甜甜地挥了挥手。

日复一日,她和常跑这个道上的司机们混熟了,司机等渡时也喜欢叫她上驾驶室聊天,以解旅途疲劳。她高兴得不得了。

于是,小卖女群中便有了议论:"她在卖色"。

她听了淡然一笑,继续做她的"司机小卖女"。

一位司机叫住了她。她像一只梅花小鹿蹦上了驾驶室。

司机显得十分异常,半天才拉住她的手说:"姑娘,我喜欢上了你,跟我走吧……"

她先是微微一颤,然后坦然地说:"谢谢你对我的爱,我是个结了婚的人。"

"你结了婚? 丈夫呢? "司机诧异地问。

"他在狱中。"

"怎么了? "

"他也是一位司机。半年前的一天,他为了赶时间出车,没有顾得上吃早饭,空着肚子跑了一上午,也许是饥饿和疲倦困扰着他,他出了车祸。事后,被判二年零六个月。为了你们这些司机不像我丈夫那样空着肚子开车导致事故,我提起了小卖篮。"

"难怪你提篮小卖专门给司机。"

"是的,看到你们这些司机,我就像看到我丈夫一样,有说不出的亲近感,心里会得到一种抚慰和寄托。我天天在盼望着我丈夫出狱。"

"谢谢你给我上的课,我要将你的爱心和对丈夫的真挚爱情告诉所有的司机。"

渡船驶过来了,她跳下车,又朝后来的汽车飘去……

和她相处的日子

我在车间检修机床,突然接到厂办公室通知,县体委让我参加地区乒乓球锦标赛。我高兴的把手中的扳手抛了一丈多高,庆贺自己又有一次学习机会。

报到集训那天,我来到体委办公室,见一位姑娘伏在桌上看《体育报》,便问:"同志,参加乒乓球集训是在这儿报到吗?"她抬起头,用那柔和的声音答道:"是的,王教练马上就来,叫我们先等会儿。""哎!她也是来集训的?"瞧,白嫩的脸蛋,苗条的身体,一根乌黑发亮的辫梢足有一尺多长;苹果绿色的大翻领春秋衫,米黄色的裤子笔挺笔挺;脚上一双铮铮发亮的黑皮鞋。看这副装束,我当她是个秘书呢!根据以往的经验:凡爱打扮的人,多半是没有什么真本领的。

男女队员陆续到齐了。经王教练介绍,我才知道那位打扮花哨的姑娘叫李红。在县广播站工作。

第二天,紧张的训练开始了。李红的外貌和举止刹间变成了另外一个人:辫子剪成了运动头,鲜艳夺目的上红下蓝运动服正合身架,脚上一双雪白的运动鞋。更意外的是,她的球艺娴熟,技法多变,刁狠,左右开弓,攻守俱全。经过较量,另外三位女选手显然不是她的对手;四个男球员有两个被她打的招架不住,我只是使出了全套本领,才握手言和。球台上的接触,一下子改变我昨天对她的印象。

一星期后,训练进入第二阶段:八名男女运动员分四组练习。凑巧,我和李红结为对子。

五月的太阳,也有几分热劲,激烈的运动,便会汗水淋漓。两三个钟头打下来,李红好像还不在乎的样子,我却动作迟缓,有点坚持不住了。"累了?"我毫不隐瞒地点点头。"那休息一会儿。"她说。

我们来到了休息室。李红的长球衫湿透了,一颗颗汗珠顺着脸往下淌。她脱掉长球衫,擦了擦汗,喝了一碗水,稍坐片刻,又走进了练球厅,一个人摆动着手臂,练习滑步动作。我累得不想再动了。但一看着她那认真、刻苦练球的身影,望着她那不断飞舞的手臂,我感觉脸上一阵阵火辣辣的。于是,拿起球拍又回到桌边……

星期天晚上,球队看电影。《女篮五号》开映了,李红却没来。散电影回到寝室,仿佛听到乒乓球室还有球声,我跑去一看,李红一个人在练发球,地上散着一地乒乓球。看到这情景,我忙过去问她:"你怎么电影也不看,一个人练球?"她喘着气说:"我总觉得前冲弧旋球发的不稳,想利用今晚再练练,离比赛没几天了。"

日历一张张飞去,比赛终于开始了。经过三天的激烈争夺,我县男女代表队都获得了决赛权,现在只剩下了一场硬仗了。

事情偏不凑巧,关键时刻,女队主力李红突然病了。这样,我队实力明显削弱,夺团体冠军的希望小了。

烧到三十九度五的李红,两颊红晕。打过针,稍稍休息,她又来缠王教练,再次要求带病上阵。教练执意不肯。李红急得涌出了泪花,恳切地说:"养兵千日,用在一时。现在正是用兵的时候。我要为全县人民打一次翻身仗。"王教练的心情也很激动,他考虑到运动员眼前的身体,又犹豫了,便说:"你好好休息两天,争取在单打中取得好成绩。"李红急切地说:"解放军有个传统,叫轻伤不下火线,重伤不哭。战斗打响了,有的战士断了腿,流出了肠子,还坚持战斗。我这点病算得了什么! ……我打完这场球再休息行吗? "王教练凝思良久,并与领队商量,最后同意了李红的请求。

决战局精彩极了。小小银球,飞着、跳着,时而像雪花飘扬,时而像子弹出膛。比赛大厅里,时而静悄悄,只有珍珠落盘的响声;时而闹哄哄,酷似大海翻江的怒涛。

鏖战一个多小时,两队场上大比分二比二,最后又轮到李红上场。她喝了几口水,理理头发,从容地走近球台。第一局,她略占上风,一路领先,以 21 比 16 取胜;第二局对方抓住她体力不足的弱点,猛扣左右两角,牵制她来回奔跑,这样李红以 14 比 21 输了一局。顽强的李红开始出虚汗了,她向裁判请求休息十分钟。这时领队、教练和我们都关切地围上去问长问短,气氛十分沉闷。李红说:"不要紧,我一定拼到底。"最后一局,双方都拿出全部技招,紧紧"咬"住不放,比分缓慢地交错上升,经常出现平局。18 比 19,李红落后的时候,对方又一个重力侧身攻,李红敏捷地退了两步,回敬一个"打回头",对方措手不及,李红得一分,十九平,看台上顿时爆发出雷鸣般的掌声。这时,对方求胜心切,急躁扣杀，又失去一分。最后一个大角度扣杀，由于用力过猛，球飞出界外，人也摔倒在地。此时，李红飞奔过去将对方扶起，观众席上再度响起长时间的掌声和赞扬声。李红以顽强的毅力，高尚的风格，终于和女战友一起夺得了这届锦标赛的女子团体冠军。

嗣后，李红的病情转重了，没能在单打比赛中继续显露身手。很多人为她感到惋惜。她却为自己的团队打了一场翻身仗而欣慰。

比赛结束授奖时，大会根据李红的表现，决定授予她"风格奖"，并让她参加地区代表队，出席全省乒乓球锦标赛。

在和她相处的日子里，我感觉李红有青春的活力，理想的闪光——这正是我们现时所缺少的东西。

誊　稿

他下班一回家就对妻子说："我的小说发表了！"

"真的？"妻第一次听到这样的话。

"你看！"他迅速把编辑部刚寄来的刊物翻给妻看。

睁得又大又圆的眼，果真看到了丈夫的名字和自己曾誊抄过的小说，一种成就感令她欣喜若狂，猛地勾住丈夫的脖子，犹如那发表的小说是自己写的一样。

"军功章里有你的一半也有我的一半。"他搂着妻风趣地说。

"当然啰！一个成功的男人后面必定有一个做出牺牲的女人。"她娇嗔地把头栽在他怀里。

两人融为一体,新婚般地快慰……

几年前,他发誓要当作家。尽管废寝忘食不停笔耕,但编辑部不仅未发一字,甚至连原稿也没退给他。他写小说从来没有再抄一份留底稿的习惯,他觉得誊稿费时不合算,有那时间可以写出新作,于是他的小说稿常在编辑部石沉大海,连他自己再也见不到了,这很使他苦恼了一阵。有天,他突然想起妻的字虽不那么绢秀,但端正、耐看。一直支持丈夫写作的她极乐意地接受了这神圣而又艰辛的任务。数不清的春夏秋冬,她为了丈夫的成功包揽了一切家务。当丈夫把完成的小说稿丢给她又去构思新作时,她极虔诚地坐在他身边一字一句地抄着,力争一字不涂,哪怕是在一张纸的末行抄错了一个字,她都撕毁卷土重来,决不能让丈夫的小说在自己的誊写中"栽"了。

一阵狂欢后,他对妻子说:"我们把原稿对一下,看看编辑修改了没有。"

"好!"她显得比他还认真。

他从一大沓小说稿中找到了发表的那篇。

"怎么? 你不是拿我誊的那份寄给编辑部的?!"妻看到留下的底稿是自己誊的那份,满腹狐疑地盯着丈夫。

"你的字很端正,但没有我的成熟,编辑看了会觉得幼稚,破坏了第一印象。"他真诚地说。

"以后别让我誊稿了。"妻异常委屈。

"其实是一样,如果没你誊的这份作底稿,我的那份就不能寄了,就不会有今天……"

"就不一样,那是两码事。"妻子突然呜咽起来,滚下一串泪珠,刚才升起的成就感荡然无存。

以后还让不让妻誊稿呢? 他觉得这个问题比写小说还难。

伟伟的心事

  伟伟接过五角钱,挎上书包一出门,妈妈便紧随其后,她今天一定要亲眼看个明白,揭开儿子的"秘密"。

  上学期,爸爸妈妈上班时间紧,懒得做早饭,每天给伟伟五角钱自个买早点,但不到一个月,伟伟瘦了下去,放学回家吃午饭常常狼吞虎咽。后来才发现伟伟每天的五角钱全部用于买小人书和玩电子游戏了。爸爸妈妈既恼火又心疼,终于收回了伟伟的五角钱的"自主权",宁愿早晨少睡半小时,也要亲眼看着伟伟吃下妈妈做的饭。可这一学期一开学,伟伟突然向父母递交了请求恢复五角钱"自主权"的申请书,理由有三:1 这学期是初一年级的中学生了,不像上学期读五年级不懂事;2 保证早餐撑饱,午饭不狼吞虎咽;3 为了让爸爸妈妈多睡半小时。爸爸妈妈看着"申请",觉得伟伟已上中学该懂事了,就在伟伟的申请书上写下了批示:"试行半个月,以观后效。"这些天可也是,伟伟吃午饭时并不显得饿,有时甚至吃得少了一些。爸爸妈妈问他早餐在哪吃的,吃了些什么,伟伟只是神秘地笑着说:"这是秘密,无可奉告。"是儿子装出来的吗?妈妈犯疑了。但也不好多问,她曾在一本书上看过,保护孩子自尊心是教育她孩子的前提。于是,她决定来做一次"侦探"。

  妈妈机警地跟着伟伟,不快不慢地保持一定距离。到了小笼包子店,妈妈看到伟伟并没有停住脚,奇怪,伟伟最喜欢吃小笼包,每到星期天,都要拖着爸爸妈妈来光顾一次,过了面包店,伟伟连看也没看一眼,妈妈记得伟伟曾有过一口气吃下五个面包的历史。许是儿子今天不舒服,想到前面吃馄饨,伟伟每次生病,啥也不要,就要一碗馄饨。到了馄饨店,伟伟仍然目不斜视,急着朝学校赶去。妈妈更觉蹊跷。

到了学校门前,伟伟什么也没买,妈妈这才明白伟伟又一次欺骗了父母,她气冲冲正要上前喝住伟伟,咦!校门转弯处,有几个老师在卖早点,只见伟伟三步并着二步到班主任王老师面前买了三个包子一个茶叶蛋。妈妈先是一愣,好一阵才想起报纸上最近讲的教师搞"创收"。看到王老师,她忘不了去年在一次春游中,伟伟突然感冒发烧,是王老师及时送进医院并自己掏钱给伟伟看病的。事后,王老师怎么也不肯收下伟伟父母送来的医药费。

妈妈一直凝固的面容顿时绽开了笑容。望着伟伟的背影,妈妈自言自语:"孩子确实长大了。"

迪斯科

穿着粉红色连衣裙的兰兰,踩着回家的林荫道上被树叶割碎的月光,身边还在响着舞池里疯狂的架子鼓声。那小号吹出的彩色音流,那爆豆般迪斯科的节拍。球灯转动着血红、果绿、青紫、银白的明亮和幻灭;秀发、裙摆、领带、香水,搅拌着,模糊一片。不行!她必须极力忘掉舞池里的一切,驱散极度兴奋的心绪,立刻镇静下来,把今晚一直甜笑的脸换成冷若冰霜的面孔,不让父母察觉出一丝舞台兴奋的余迹，要他们确信：今晚是开团员大会，不是去跳迪斯科。

自从兰兰学会了跳舞，父母就坚决反对。退居二线的父亲说，过去自己东奔西跑是为了打仗，现在小青年过上了舒适的日子还不安分，把劲使在屁股上，扭来扭去像啥样！母亲则担心女儿跳野了心，今后难找婆家。兰兰没有妥协，不仅因为自己身为团支部书记，是每次舞会的组织者，更重要的是她爱上了迪斯科这种能焕发火一样青春的旋律。兰兰的多次解释换来的只是闭门羹。每次跳舞回来，父亲总是把门拴得紧紧的，待兰兰在门外叫干了口水，才让母亲把门打开。无奈，她学会了撒谎，把参加舞会说成是过团组织生活。父母不便去厂里调查，也就将信将疑。房门仍旧拴上。

此时，兰兰带着缓慢而又有节奏的脚步来到家门口。她摸了下胸口，静了静心，用手帕抹去了脸上的淡妆。

"妈！"她不敢喊"爸"。

和往常一样，没有任何反应。

兰兰轻轻地用指头敲着门。奇怪，门是半掩着的。推开门，兰兰傻了眼：爸妈随着录音机迪斯科音乐扭动着屁股，手还在有节奏地做着与自己迪斯科不同的动作。她愣住了，眼前的一切莫不是心理学家说的那种幻觉？

"兰兰快来，等你好久！"爸一边招手一边按着节奏扭动着。

兰兰愈加迷惑不解。

妈停住了舞步，把兰兰拉到身边："你爸今晚在老干部联欢会上学会了老年迪斯科，跳上瘾了，回家当起我的老师来了。"

"兰兰，爸爸以前错怪你了。这迪斯科跳得确实爽心悦耳，血液沸腾。这一跳，我好像跳回了二十年了！从明天起，你就大胆地

连心锁

去跳迪斯科吧！"

似乎从梦中惊醒的兰兰惊喜交集，她忽然觉得今晚好像也没跳过瘾。"不，爸爸，就从现在起吧！"

"对！从现在起。"

兰兰同爸爸妈妈面对面尽情地跳着。虽然手上的动作不同，但他们扭动的屁股是一致的。他们踩着同一节奏，跳得那样和谐、欢畅……

10 元钱

第二节上课铃响后，我夹着教本刚跨进教室，班上学习委员李莉告诉我："我带来 10 元钱夹在英语课本里，是准备交给'为残疾人捐款小组'的，当我早读课把全班同学的练习册送办公室回来后，10 元钱连同课本不翼而飞了！"

我担任这个班的班主任已有两个年头了，班上丢失东西的事很少发生，只是上学期洪成刚拾到同桌李莉抽屉掉下的 10 元不承认，后来经我的启发性教育才交出了钱。事后洪成刚转变很大。难道班上又有谁？

"你能提供点线索吗？"我问李莉。

李莉胸有成竹地答道："洪成刚的疑点最大。"

"为什么？"

"我的钱夹在课本里就他一人看见。第一节上英语课他神色不好，朗读课文有气无力，再说他上学期还……"李莉连珠式地快答犹如一位出色律师。

我把负责捐款小组的班长找来，班长说洪成刚今天交来的捐款钱也正是一张 10 元钱的票子，那时恰好是李莉送练习册到老师办公室的时间。

证人、赃物俱在，我的心猛然一抖，恍若在梦幻中飘忽，难道洪成刚真的重蹈覆辙？

我先上课。我看到洪成刚真如李莉所说，注意力极不集中——做贼心虚！

下课后，我把洪成刚叫到办公室："你有没有见到李莉的 10 元钱？"

"什么钱？我不知道。"洪成刚显得十分突然。

"她今天放在课本里的 10 元钱不见了。"

"我没拿."

"那你上课怎么坐立不安？"我单刀直入。

"我是……"洪成刚的脸倏地红了。

"人不怕犯错误，就怕错了不承认，还不想改。"

"老师，我真的没拿。"洪成刚说。

此时，英语老师走过来："给！你班李莉交练习册时，把自己的课本也上交了。"

我接过课本，急忙翻开书，一张 10 元人民币飘然而下。蓦地，我全明白了，刚才洪成刚脸上的红晕不知啥时跑到我的脸上了，我抱歉地摸着洪成刚的头说："老师错怪你了。不过，你上课为何……"

"我饿。"洪成刚喃喃地说。

"没吃早饭？"

"我捐的 10 元钱是妈给我买早点的。"

我愕然半晌，许久才将那口好不容易敛聚成的长气由鼻孔缓缓释出："你呀，学校不是说了捐款自愿嘛。"

"作为一名中学生，我应该为残疾人作战贡献。"两只湛黑的眸子闪动着诚挚的目光。

望着面前学生的眼睛，我似乎读懂了更多的东西："走，把这件事告诉同学们，让大家都来学习你这种精神！"

我拉着洪成刚便走，可我首先去的是饮食店——我请客。

心灵的颤动

"昨天谁没在家看书？站起来！"早读课没进办公室，我就来到教室行使着班主任的职责。

同学们被突如其来的提问惊讶得相互张望。没有人站起来。

"而且在外面做坏事！"我的怒气升级了。

还是只呼无应。

我瞟了一眼陈海：他的头低得几乎与桌面平行。好哇！你就是把头埋在桌子下面，也休想像昨天那样溜掉。

昨天我利用星期天家访，要求家长在新学期更好地配合学校教育好孩子。陈海家没人。当我穿过大街时，却发现陈海又提了个篮子捡破烂。陈海两岁那年，母亲因病过早去世，此后父子俩相依为命。在赣拖轮上当船长的父亲一心盼子成龙却又力不从心，驾驶着轮船一年四季在鄱阳湖上，虽然年年被评为先进工作者，却无法像其他父亲一样关心孩子。无人照管的陈海上初中后渐渐学坏了。上学期他用买饭菜票的钱同社会上的小青年赌博，输了，就捡破烂卖钱又赌，终于被公安局抓住送回学校教育。难道今天又是……我正欲追过去，陈海发现了我，很快钻进了小胡同——溜了。

"陈海，你昨天干什么去了？"我忍无可忍，终于点名了。

"我……没干什么。"陈海站起来后神色紧张。

"你在街上干什么？"我紧追不舍。

"我……"陈海垂下了头。

"同学们，昨天大家在家做作业的时候，陈海又在捡破烂。上学期大家对他赌博行为进行过帮助。事后陈海痛改前非，学习也有了明显的提高，可昨天他又重犯错误。今天下午班会课向全班同学作检讨！"

我怒气冲冲地出了教室来到办公室，我的办公桌上放着一本格外精致的彩照大影集。翻开扉页："赠给王老师教师节纪念。您的学生陈海。"这一定是早读前送来的。我迫不及待地看着夹在影集里的一张纸条：

"王老师：明天就是教师节了，作为学生，真不知如何表示对您的祝愿。上学期从我赌博受到您的教育后，我才真正开始懂得怎样才算一个好学生。特别是在我父亲出船不在家时，您经常利用晚上和星期天上我家给我补课，还时常从学校食堂里把我叫到您家改善生活，给我这个从小失去母爱而又很少得到父爱的孩子慈母善父般的爱，在您的节日到来之际，让我从心里呼唤您一声：妈妈！

"父亲出船了，身上钱不多，昨天拣了些破布烂铁卖了几块钱，买本影集送老师，请千万不要嫌弃，这是一个学生的心愿。"

啊！我的心灵不禁一颤。泪水模糊了双眼。多么可爱的孩子！

刚才我没弄清楚就对他心灵愈合的伤疤又是重重的一锤。我决心收下影集,让它时刻提醒我。我想起了陈海下午做检讨的事,此刻陈海又该怎么想呢? 要作检讨的应该是我,我拔腿朝教室奔去……

上 当

又是一个星期天。

她又上街专找那些"不惜血本大降价"的商品买。

几年来她都是这样做的。她已从无数次实践中揣摩出了经营者的心理,趁节假日顾客流量大,搞一个什么展销优惠价五折或索性摆出店面来个大降价,那样可以薄利多销,蛮合算。对她来说,别看便宜那几块钱,可抵得上一天的菜钱,一年积起来数额不小,更合算。

她漫不经心地逛到了市场服装商店。一眼就瞧见有群人围着摊面在挑选什么,那卖主一边大幅度地抖动手中的衣服,一边大声嚷嚷。她看不清也听不见,急忙三步并成两步直奔过去,原来是当今市场上最时髦的女性健美裤。这裤子好,她见过有的女人穿过,紧绷着肉没有一点皱纹,充分呈现出女性特有的曲线给人美的享受。她往旁边写有"好消息"的牌子一望:原价18 元,现价14 元。买上一条可把早上那一斤肉钱赚回,她想。

"香港生产,世界一流,一展女性风姿! 每件降价4 元,请君莫失良机!"卖主的口才足以参加世界性演讲比赛。

机会来了,她心里痒痒蠕动。

可她很纳闷,小丽为何今天不把这挺美的事告诉我?她和小丽邻居加知己,相处很好。小丽在商店工作,市场上有啥降价便宜的东西会以最快的速度通知她,来不及就干脆帮她捎上一份,她常常为此感动不已。可今天小丽怎么了?何况这家正是小丽工作的商店,小丽应该知道。

"过了这个村就没这个店……"卖主歇斯底里的叫喊当真掀起了一个抢购的小高潮。

不能再犹豫了,否则裤子买不着那个肉钱就赚不回了。她使出全力挤了进去。"哎哟!"她的脚不知被哪个该死的踩了一下,还是用皮鞋踩的,带钉子的,钻心的痛!不过,她没时间顾那么多,痛一下能赚回 4 元钱也值得。

她终于买到了一条,是忍着脚痛抢来的。

刚回到家,她碰巧遇到小丽。

"又碰上啥福气了!"小丽笑盈盈地主动同她打招呼。

"还说呢!你店健美裤降价也不告一声,我什么时候得罪过你,怕我把你美死了是不是?!"到底是知心,说起话来不必拐弯抹角。

"哎呀!你上当了!"

"怎么了?!"

"这裤子我们从前卖的原价是 10 块钱一条,几个月都卖不动,昨晚才想出了这个馊戏法。"

"啊?!那我不吃亏了 4 块钱!"她似乎觉得这是有生以来第一次被人耍了,突然感到那只被踩的脚又在阵阵发痛。

整个星期天她都没过好。

后来她再也不上街专买那些大降价的东西了。